Arena-Taschenbuch
Band 1698

Christa Schütt,
von Beruf Buchhändlerin und seit langem bekannt als Autorin
von Pferdebüchern, lebt seit 1979 als freie Schriftstellerin mit
Hund, Katzen und eigenen Pferden in Niedersachsen.

Ein weiteres Arena-Taschenbuch von Christa Schütt:
»Es begann mit Winnetou« (Band 1625)

Christa Schütt

Eine Herde für Winnetou

Arena

Die Deutsche Bibliothek – CIP-Einheitsaufnahme

Schütt, Christa:
Eine Herde für Winnetou / Christa Schütt.
- 1. Aufl. - Würzburg: Arena, 1992
(Arena-Taschenbuch; Bd. 1698)
ISBN 3-401-01698-9
NE: GT

1. Auflage als Arena-Taschenbuch 1992
Lizenzausgabe des Erika Klopp Verlags, Berlin/München
© 1988 by Erika Klopp Verlag GmbH, Berlin/München
Umschlagillustration: Ulrike Heyne
Lageskizzen: Christa Schütt
Gesamtherstellung: Pfälzische Verlagsanstalt, Landau
ISSN 0518-4002
ISBN 3-401-01698-9

Inhalt

Vorwort 7
Lausejunge Flakkeri 11
Mein Schatten 21
Weihnachtsreiten 32
Ein richtiger Winter 37
Cowgirl auf Zeit 46
Wiehernde Gäste 55
Wanderritt „rund um Hamburg" 64
Runter kommt man immer 75
Lindy lernt springen 80
Ein denkwürdiger Auftritt 87
Abschied von Mara 91
Ein Herrscher dankt ab 98
Woody, der Prügelknabe 104
Reitkurs zu Hause 114
Die Sache mit dem Übermut 123
Experiment Winterweide 131
Man lernt nie aus... 145

Vorwort

Mein erstes Pferd hieß Winnetou und war – eine Stute. Ihren klangvollen, wenn auch unpassenden Namen verdankte sie zum einen ihrer Scheckzeichnung, zum anderen ihrem Verhalten, das jedermann unweigerlich an ein halbwildes Indianerpony erinnerte.

Als ich sie kaufte, war ich einundzwanzig, hatte ein paar Jahre Reitschulerfahrung und somit nicht die leiseste Ahnung, worauf ich mich einließ. Vor allem wußte ich nicht, was dieser „Mitleidskauf" noch alles auslösen sollte. Das war nur gut so. Sonst hätte ich vermutlich – ich kenne mich! – aus Angst vor der eigenen Courage noch einen Rückzieher gemacht. Und was wäre mir da entgangen!

Ich habe diese ersten Jahre in meinem Buch „Es begann mit Winnetou" ausfürlich geschildert. So ausführlich, daß mich beim Durchblättern der Seiten noch heute ein leiser Schauder überläuft und ich mich wundere, daß damals nicht mehr passiert ist.

Kurz gesagt, ich hatte einige aufregende Jahre hinter

mir, als ich mich 1979 als freie Schriftstellerin in der Lüneburger Heide niederließ. Zu meiner Familie gehörten Winnetou, die damals schon lange Winnie hieß, ihre Tochter Lindy und der rabenschwarze Welpe Timo.

Zu uns stießen in den nächsten Jahren Rebell, der Haflinger, und Mara, die bierruhige Fjordstute. Außerdem diverse Katzen. Sie alle inspirierten mich zu dem oben erwähnten Buch, das zu meinen liebsten überhaupt gehört. Als ich es beim Verlag abgeliefert hatte, war ich fast ein bißchen traurig und dachte wehmütig: Das war es dann ja wohl. Was über mich und meine Tiere zu erzählen gewesen war, hatte ich erzählt. Die Zeiten der großen Aufregungen waren vorbei, unser Leben floß in ruhigen Bahnen sacht dahin. Was sollte jetzt noch die vertraute Herde stören?

Doch noch ehe ich mich an mein beschauliches Leben gewöhnt hatte, brachte ein neues Pferd die Herde durcheinander. Und es blieb nicht bei diesem einen. Plötzlich waren wieder Rangeleien, Wettrennen und kaputte Zähne an der Tagesordnung. Ruhiges Leben? Pustekuchen. Kein Material für ein neues Buch? Denkste. Mehr als genug!

Ständig geschah etwas: Wanderreiter übernachteten bei uns, Reitkurse wurden organisiert, Pferde kamen zur Ausbildung, Stuten zum Hengst, Menschen und Hunde bevölkerten meine Wohnung, immer neue Pferde meine Weiden.

Und mitten in diesem Trubel bewegte sich meine ehemals ängstliche Winnie mit einer Sicherheit und einem Selbstbewußtsein, daß ich nur staunen konnte. Früher, als ich alle Aufregungen von ihr ferngehalten hatte, um sie nicht zu verstören, war sie ein verschrecktes Hühnchen gewesen; heute, wo die Aufregungen kein Ende nehmen, ist sie meine Primadonna, die genau weiß, wer sie ist. Je mehr los war, desto ruhiger wurde sie, und deshalb – aber natürlich nicht *nur* deshalb – kann heute auf meinen Weiden gar nicht genug Leben herrschen.

Unsere Stammherde, die mich in Atem hält und verhindert, daß ich Fett ansetze, ist inzwischen auf sieben Köpfe angewachsen, Timo und mich nicht gerechnet. Dazu kommen je nach Jahreszeit und Wetter bis zu einem Dutzend Menschen, Pferde und Hunde gleichzeitig. Sogar eine Möwe war kurzzeitig unter meinen Gästen. Das alles sind, genaugenommen, noch immer die Folgen eines vor sechzehn Jahren unüberlegt getätigten Pferdekaufes. Und der tut mir bis heute kein bißchen leid! Trotz – oder wegen! – aller Folgen.

Lausejunge Flakkeri

Im Frühjahr 1984 bestand meine kleine Herde aus vier Pferden:

Winnie, die damals zwanzigjährige „Stammutter" des Ganzen, eine liebenswürdige und nur Fremden gegenüber sehr distanzierte alte Dame, die ihre frühere Ängstlichkeit durch Herdenleben und Offenstallhaltung ganz abgelegt hatte.

Lindy, ihre um zehn Jahre jüngere Tochter, äußerst kontaktfreudig und bereit, jeden Zweibeiner als guten Freund zu betrachten.

Rebell, „der Dicke", der neunzehnjährige Herdenchef, ein ganz durchtriebener und mit allen Wassern gewaschener Bursche, dem es immer noch Spaß machte, mich zu überlisten und Dummheiten auszuhecken.

Und, last not least, Mara, die fünfzehnjährige Fjordstute, mein über Jahre und auf Hunderten von Kilometern erprobtes Wanderreitpferd, das Kindermädchen für alle Anfänger im Sattel.

Die Rangfolge in dieser Gruppe war ganz klar und

wurde von allen Pferden als gegeben hingenommen. Nach Rebell kam Winnie mit einer Nasenlänge Vorsprung vor ihrer Tochter, was sich aber nur in Ausnahmefällen einmal zeigte. Mara bildete das Schlußlicht, eine Tatsache, aus der sie sich nichts zu machen schien.

Diese Idylle ließ meiner Freundin Karin, Mitte Vierzig und in Sachen Reiten ein „Spätzünder", keine Ruhe. Ihr Wunsch nach einem eigenen Pferd wurde übermächtig und nahm sehr schnell konkrete Formen an. Klein sollte, stabil mußte es sein; denn mit ihren ein Meter fünfundsiebzig wog Karin nun mal etwas.

Was also kam in Frage? Ein Großpferd auf keinen Fall. Alles, was größer als eineinhalb Meter war, flößte Karin mehr als nur Respekt ein. Also so etwas wie Mara? Aber deren einssiebenundvierzig waren Karin auch noch zu viel. Außerdem war ihr meine Fjordstute mitunter zu eigenwillig. Und da man meist von einem Pferd auf die ganze Rasse schließt, kam ein Norweger auch nicht in die engere Wahl.

Was blieb? Ein Isländer. Nicht zu groß, um leicht bestiegen werden zu können, dabei kräftig, ausdauernd und obendrein noch mit der verlockenden Gangart Tölt ausgestattet, die es einem erlaubt, flott und gleichzeitig bequem zu reiten, war ein Vertreter dieser Rasse genau das Richtige. Die Frage war nur: Wo fand man so ein Pferd? Doch das erwies sich als kleinstes Problem. Ein Islandpferdehof im Sauerland, dessen Besitzerin ich kannte, hatte mehrere Tölter zum Verkauf stehen.

Erwartungsvoll machten wir uns auf die Reise, dreihundert Kilometer durch das nördliche Deutschland. Drei Tage hatten wir Zeit. Was Karin vorschwebte, war ein älteres, ruhiges Verlaßpferd, zuverlässig in jeder Situation, friedlich im Umgang, straßensicher, schmiedefromm, gehorsam und leichttrittig. Und tölten sollte es möglichst von allein.

Frau Berger lachte nur, als sie die Aufzählung hörte. „Von solchen Pferden könnte ich jeden Tag ein ganzes Dutzend verkaufen", sagte sie und schüttelte gleichzeitig den Kopf. „Aber so was ist selten. *Nur Vorzüge* hat kein Pferd. Und gerade Naturtölter, also Pferde, die diese Gangart nicht nur anbieten, sondern wirklich bevorzugen, sind dünn gesät. Aber lassen Sie uns mal schauen, was wir da haben."

Wir schauten also – und entdeckten Flakkeri. Bei mir war es Liebe auf den ersten Blick, und meine Begeisterung muß sich wohl auf Karin übertragen haben, denn sie zog den Fuchs in die engere Wahl. Zudem gehörte er zu den Pferden, die Frau Berger für uns bereitgestellt hatte. So war er schon halb gekauft, noch ehe wir ihn ausprobiert hatten. Das heißt, *ich* hatte ihn gekauft – in Gedanken nämlich.

Karin meldete erst mal Zweifel an. Ob das Pferd nicht doch zu jung für sie sei, zu unerfahren? Sie habe doch mehr an ein älteres Pferd gedacht.

Zugegeben, Flakkeri war erst sechs Jahre alt und gerade ein halbes Jahr in der Ausbildung. Aber er schien eine Seele von Pferd zu sein. Brav ließ er sich putzen, die Hufe aufnehmen, satteln und auftrensen. Zugegeben, Flakkeri war kein Naturtölter, aber er töltete leicht und taktklar, sogar unter mir. Sein Galopp war kurz, rund und wundervoll weich, ein wirklicher Genuß. Und dann sein Schritt! Wie das Donnerwetter zog Flakkeri los, als wir zu dritt vom Hof ritten. Eifrig nickte der Kopf mit der dicken Mähne im Takt der Schritte. Karin begann, vorsichtig zu strahlen.

Bei diesem Ausritt zeigte sich der Fuchs von seiner besten Seite. Anstandslos ging er den anderen voraus, ließ sich ebensoleicht an die letzte Stelle lenken, ging allein am offenen Hoftor vorüber, ließ sich wenden und marschierte in aller Ruhe zurück. Meine Begeisterung nahm ständig zu. Immerhin war ich noch so weit bei Verstand, daß ich Flakkeri im Hinblick auf seine kommenden Aufgaben betrachtete. Aber abgesehen von seiner Jugend konnte ich kein Handikap entdecken. Gesund war er, an Ekzem litt er offenbar nicht, gut geritten war er, brav im Umgang auch – was wollten wir eigentlich noch mehr?

Das wußte Karin auch nicht so genau. Bedenken hatte sie trotzdem noch. Aber das konnte auch daran liegen, daß sie plötzlich Angst vor der eigenen Courage bekommen hatte. Dieser Pferdekauf war für sie eine Entscheidung auf Jahre hinaus. Genau wie ich gehört Karin zu den Menschen, die es mit der Verantwortung für ein einmal erworbenes Tier verdammt ernst nehmen. Wir diskutierten den „Fall Flakkeri" eine ganze Weile. Frau Berger argumentierte sachlich, ich engagiert – wer sollte eigentlich das Pferd bekommen?! –, und am Ende vom Lied wechselte der Fuchs den Besitzer. Hurra, ich bekam einen Tölter in die Herde!

Flakkeris Ankunft war auf den dreißigsten April festgesetzt. Ein Sammeltransport sollte ihn mitbringen und bei mir abliefern. Achtzehn Uhr war uns als Ankunftszeit genannt worden. Um fünf kam Karin, aufgeregt und schon wieder im Zweifel, ob sie es mit diesem Pferdekauf auch richtig gemacht hatte. Ich redete ihr die Bedenken, so gut ich konnte, aus.

Und dann warteten wir; zwei Stunden, drei Stunden – kein Transporter kam. Dafür ein Anruf, daß es später werden würde. Das hatten wir inzwischen auch schon gemerkt.

Aus Verzweiflung und um uns abzulenken, sahen wir uns das ganze Abendprogramm im Fernsehen an. Da endlich, gerade an der spannendsten Stelle eines Western, hörten wir den Wagen. Mittlerweile war es halb zwölf Uhr in der Nacht geworden, stockfinster natürlich, und außerdem regnete es. Aber immerhin, das Pferd war da.

Wir stiegen in Karins Auto und zeigten dem Transporter den Weg zur Weide. Im Licht der Scheinwerfer luden wir Flakkeri aus. Gelassen wie ein uralter Profi stieg er vom Wagen, sah sich flüchtig um, naschte ein paar Grashalme vom Wegrand und folgte mir dann artig zu seinem neuen Zuhause. Karin lief aufgeregt hinterher. Sie war wesentlich hektischer als ihr Pferd.

Ich hatte meine Herde für diese Nacht auf die Weide hinter dem Auslauf gebracht, um zu verhindern, daß sie den Isländer gleich zur Begrüßung durch den Zaun jagten. Für Flakkeri hatte ich im Auslauf Heu und Wasser bereitgestellt.

Der Isländer wanderte einmal den ganzen Zaun ab, begrüßte mein aufgeregtes Quartett auf der anderen Seite mit einem freundlichen Brummeln, schaute kurz in den leeren Offenstall – und wälzte sich in aller Ruhe. Dann begann er zu fressen.

Erleichtert machten wir uns auf den Heimweg. Soweit war ja erst einmal alles glänzend verlaufen.

Am nächsten Tag drehte ich den Spieß um. Flakkeri kam auf eine Weide und meine vier in den Auslauf. Wieder trennte sie ein fester Holzzaun.

Das erste Pferd, das Flakkeri aus nächster Nähe zu sehen bekam, war die gutmütige Mara. Erst Tage später ließ ich ihn zu den anderen. Als der große Augenblick kam, hatte sich ein gutes halbes Dutzend erwartungsvoller Zuschauer eingefunden. Was würde passieren?

Es geschah das, was wir am wenigsten erwartet hatten, nämlich nichts. Flakkeri graste sich äußerst vorsichtig an die anderen Pferde heran, die ihn gar nicht beachteten, weil sie hungrig waren. Nur Mara wurde jetzt von ihm ferngehalten. Und nur zu gern kehrte sie in den Schoß der Familie zurück.

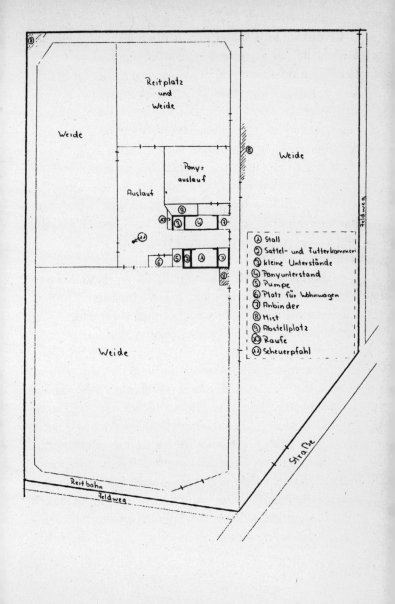

Erst zwei Tage später gab es die erwartete „action". Da wurde der Isländer langsam kiebig und versuchte herauszufinden, wo sein künftiger Platz in dieser Herde sein würde. Das konnte Rebell sich natürlich nicht gefallen lassen. *Fressen* durfte dieser komische Zwerg ja seinetwegen auf derselben Weide, aber die *Stuten beschnuppern* – das kam überhaupt nicht in Frage!

In bester Hengstmanier scheuchte mein zu anderen Zeiten so behäbiger Dicker den Jüngeren fort. Erschreckt floh Flakkeri, allerdings nicht sehr weit. Kaum hatte er einen Sicherheitsabstand zwischen sich und die anderen gelegt, drehte er sich herum und „schlich" von neuem heran.

Hier zeigte sich zum erstenmal, was an Ausdauer und Beharrlichkeit in dem kleinen Kerl steckte. Zehnmal, zwanzigmal ließ er sich verscheuchen – aufgeben tat er deshalb nicht. Er wollte dazugehören, das war ganz offensichtlich.

Zuerst butterte er Mara unter, die ihm anfangs im Schutz der Herde die Zähne gezeigt hatte. Dann machte er sich an Rebell heran. Er bediente sich dabei eindeutig der Zermürbungstaktik, die er schon am Anfang gezeigt hatte, nur daß er jetzt energischer und mutiger wurde. Vielleicht hatte er auch erkannt, daß Rebell im Grunde ein gutmütiger Kerl war, der es längst nicht so böse meinte, wie er anderen weismachen wollte. Flakkeris Attacken auf den Dicken waren sehenswert. Er ging ganz unauffällig hinter dem dösenden Chef vorbei, zwickte ihn kräftig ins Hinterteil oder in die Schweifrübe – und war längst über alle Berge, wenn Rebell sich in Bewegung setzte.

Dieses Spiel betrieb Flakkeri mit einer bemerkenswerten Ausdauer. Je mehr sich Rebell mit Drohen, Auskeilen und Steigen zur Wehr setzte, um den Plagegeist loszuwerden, desto besser schien dem Isländer die Sache zu gefallen. Rebells Schweifrübe zeigte schon bald die ersten kahlen Stellen. Schließlich floh mein Dicker regelrecht, wenn Flakkeri sein „Spielgesicht" aufsetzte.

So entstand kurzfristig der Eindruck, als habe der Isländer meinen Dicken in der Führung abgelöst. Dazu paßte allerdings kaum die Tatsache, daß die Scheckstuten ihn weiterhin nach Belieben herumscheuchten. Vor Winnie und Lindy hatte Flakkeri einen gehörigen Respekt.

Eines Tages platzte dann Rebell der Kragen. Nun ist es genug! mochte er denken, als er disziplinarische Maßnahmen ergriff. Nie vorher und nie hinterher habe ich etwas so Merkwürdiges gesehen wie diese Zurechtweisung.

Rebell trieb den wieder einmal sehr übermütigen Flakkeri in eine Ecke des Auslaufs und drehte ihm die Kehrseite zu. Reglos, den Ernst der Lage wohl erkennend, stand Flakkeri auf dem zugewiesenen Platz. Dabei hatte Rebell nicht einmal einen Huf gehoben. Nur sein Kopf bewegte sich langsam von einer Seite auf die andere. Abwechselnd über die linke und die rechte

Schulter warf er dem Isländer drohende Blicke zu. Das war alles, aber es genügte völlig.

Eine Viertelstunde standen sie so, dann gab Rebell den Weg frei. Ganz ruhig, ohne ein Zeichen von Angst ging Flakkeri an ihm vorbei. Die stumme Auseinandersetzung war vorbei. Rebell hatte gezeigt, daß er immer noch der Chef war, und Flakkeri hatte es akzeptiert.

Ein verspielter Lausebengel blieb er trotzdem, sehr zur Freude meines Hundes, der nichts Schöneres kennt, als mit den Pferden zu toben.

Mein Schatten

Jeder Mensch hat einen Schatten, das ist nichts Besonderes, und jeder Schatten ist schwarz. Meiner auch. Dennoch unterscheidet er sich von anderen. Erstens hat er vier Beine und zweitens einen Namen. Außerdem kann er bellen.

Als ich Timo zum erstenmal sah, war er eine kleine schwarze Wurst ohne Augen und ganze fünf Tage alt. Ich war sofort vernarrt in diese Handvoll Hund. Das änderte sich auch nicht, als Timo größer wurde. Er war und blieb der hübscheste, liebste, freundlichste und fröhlichste Hund der Welt. Aber welcher Hundebesitzer behauptet das nicht von seinem Vierbeiner. Mit neun Wochen kam Timo endgültig zu mir. Gemeinsam bezogen wir meine „Dichterklause", sprich Dachwohnung, in Ahlden. Seitdem ist er mein ständiger Begleiter, der aus meinem Leben nicht mehr wegzudenken ist. Ohne meinen „Schatten" fühle ich mich nur halb so wohl. Ob ich bei meinen Pferden auf der Weide oder auf Reisen bin – Timo ist fast immer dabei. Zu Hause sorgt er für „Ordnung" bei seinen großen Freunden, unterwegs paßt er auf, daß mir nichts passiert.

Manchmal ist es umständlich und lästig, ihn dabeizuhaben, aber in manchen Situationen ist er ausgesprochen praktisch. Mit Timo in einem vollen Zug einen Platz zu finden ist mitunter gar nicht so einfach. Viele Menschen fürchten sich vor ihm, nur weil er groß und schwarz ist. Steige ich aber in einen leeren Zug ein und finde ein Abteil für uns, dann steigt kaum jemand zu. Ein Blick durch die Tür veranlaßt die meisten Reisenden weiterzugehen.

Um Timo nicht dauernd zu Hause oder bei Freunden lassen zu müssen, habe ich ihn von klein auf an viele Dinge gewöhnt, die andere Hunde während ihres ganzen Lebens nicht kennenlernen. Er akzeptiert jedes Fortbewegungsmittel und jede Unterkunft, solange ich dabei bin. Er kann, je nach Bedarf, scheinbar zu einem Schoßhund zusammenschrumpfen oder sich in ein gefährliches Raubtier verwandeln. Dabei ist er so gutmütig, daß er sich noch entschuldigt, wenn ihm einer auf die Pfoten tritt.

Timo ist schon mit der Eisenbahn gefahren, sogar im Schlafwagen, reiste per Bus und Auto, fuhr Taxi, gondelte per Kabinenbahn in die Berge, schipperte mit einer Fähre auf der Nordsee und einmal sogar in einem Paddelboot auf einem See herum. Sogar einen Wattenwagen hat er schon erklettert, und wer diese hochbordigen Fahrzeuge kennt, weiß, was das heißt.

Timo macht wirklich alles mit, was ich ihm zumute. Zwar sieht er mich manchmal leicht gekränkt an, so etwa: Muß das denn nun wieder sein!? – aber ein Zurückbleiben kommt für ihn nicht in Frage. Dazu nimmt er seine selbstgewählte Beschützerrolle viel zu ernst.

Natürlich kennt das ganze Dorf meinen Hund. Kinder rufen schon von weitem seinen Namen, Erwachsene lächeln, wenn sie ihn kommen sehen, und schauen sich suchend um. Denn wo Timo auftaucht, da bin ich auch nicht weit. Ohne mich geht er nicht mal vom Hof. Wenn es sich nicht gerade um gute Freunde handelt, kümmert Timo sich nicht um Leute, die wir unterwegs treffen. Gleichgültig läuft er an allen vorbei, solange sie ihn nicht ansprechen. Und selbst dann bleibt er zurückhaltend.

Am deutlichsten wird das auf Reisen, in Zügen und auf Bahnsteigen. Da hat er eine Art an sich, durch Leute hindurch oder über sie hinwegzugucken, daß es schon fast peinlich ist. Vor allem, wenn es sich um nette Mitreisende handelt, die sich mit ihm anfreunden möchten.

Der Vorteil dieses „snobistischen" Verhaltens ist aber nicht zu verachten. Ich habe nie Probleme damit, daß er Fremde um Streicheleinheiten oder Leckerbissen anbettelt. Solche Intimitäten hebt er sich für seine zahlreichen Freunde auf, und da hat er meistens Erfolg. Denn gukken kann dieser Hund... Mit Freunden geht er auch spazieren, wenn ich anderweitig beschäftigt bin, was aber nur selten vorkommt. Normalerweise bekommt er sein Laufpensum ganz nebenbei. Einfach dadurch, daß ich zweimal am Tag zu den Pferden radle. Hier ist mein Hund ganz in seinem Element. Er hat sehr bestimmte Vorstellungen von dem, was die Pferde dürfen und was nicht. Jedes „Vergehen" wird lautstark gemeldet.

Auch dies ist eine Aufgabe, die er sich ganz allein ausgesucht hat. Natürlich hat er es im Grunde mir abgeguckt. Anfangs bellte er nur, wenn ich mit den Pferden schimpfte. Irgendwann wurde ihm dann der direkte Zusammenhang klar, und jetzt bellt er ohne mein Zutun, wenn etwas geschieht, was nicht sein darf. Seine Maßstäbe sind dabei viel strenger als meine.

Die Pferde dürfen nicht: sich genüßlich das Hinterteil am Stall scheuern, nacheinander schnappen, sich im Auslauf wälzen, miteinander raufen, mit den Hufen fordernd gegen die Stalltür klopfen und so weiter... Es ist nur gut, daß meine Pferde ein gesundes Nervenkostüm besitzen und sich in der Regel nicht um den Krawallmacher kümmern. Sie kennen ihn viel zu gut, als daß er sie erschrecken könnte.

Im Freundeskreis machten (und machen) Timogeschichten die Runde und tragen sehr zur Erheiterung bei. Das Gelächter dabei geht in der Regel auf meine Kosten, aber da ich die meisten Geschichten selber in Umlauf gesetzt habe, darf ich mich darüber nicht beschweren. Und komisch sind sie schon, meine Hundeabenteuer.

Einmal – Timo war noch ganz jung und verspielt – radelten wir in einer kleinen Gruppe vom Stall zurück ins Dorf. Eine meiner Reiterinnen hatte mich auf den Gepäckträger ihres Fahrrades genommen, weil meines gerade einen Platten hatte. Sicherheitshalber fuhren wir durch die Feldmark, wo die Wege zwar holperig, aber dafür frei von Autos und Polizisten sind.

Natürlich alberten wir herum, wir sind nun mal ein vergnügter Haufen. Jedenfalls kam Birgit, meine Fahrerin, ins Wackeln, das Rad kippte – und im nächsten Moment lag ich im Graben. Nur die Beine guckten noch raus. Die Mädchen waren einen Augenblick lang starr. Nicht so mein Hund! Fröhlich hopste er mir nach, landete mit Schwung auf meinem Bauch und klemmte mich endgültig fest.

Schimpfend, aber leider völlig vergeblich, versuchte ich, mich aus dieser albernen Lage zu befreien. Der Hund auf meinem Bauch, der mir begeistert das Gesicht abschleckte und gar nicht daran dachte, dieses neuartige Spiel aufzugeben, machte jeden Befreiungsversuch unmöglich. Ich konnte schimpfen, soviel ich wollte.

Die Mädchen waren auch keine Hilfe. Sie standen am Grabenrand und bogen sich vor Lachen. Erst nach einer ganzen Weile hatten sie sich so weit beruhigt, daß sie Timo von mir herunterlocken und mich herausziehen konnten. Dann fingen sie wieder an zu gackern. Der Anblick, den ich bot, war auch zu schön, um ernst zu bleiben. So lachte ich denn trotz eines feuchten Hosenbodens mit. Was blieb mir auch anderes übrig.

Eine andere Episode mit Timo geschah nicht lange danach. Es war auf einem unserer ersten Ausritte, auf dem wir den Hund dabeihatten. Auch diesmal waren wir in der Feldmark, wo Timo frei laufen konnte, ohne daß ich besonders auf ihn achtgeben mußte. Wir trabten locker einen Weg entlang, der in einiger Entfernung vor uns einen Knick machte. Links von uns war ein Kartoffelacker, rechts und vor uns gab es Weiden mit Rindern, die uns keinen Blick gönnten.

Nichts Böses ahnend, bogen wir um die Ecke – und erschreckten mit unserem plötzlichen Auftauchen ein Dutzend junger Kälber, die blökend davonstoben. Hinter dem Zaun zwar, aber immerhin. Den Pferden war der Schreck genauso in die Glieder gefahren wir uns Reitern. Sie sprangen zur Seite. Das wiederum erschreckte Timo, der sich schleunigst in Sicherheit brachte. Ausgerechnet im Kartoffelacker! Sein aufgeregtes Geraschel im Feld feuerte die Pferde zu neuen Höchstleistungen im Buckeln und Herumspringen an. Worauf Timo sich schleunigst noch tiefer verkroch und noch mehr raschelte.

Inzwischen waren die neugierigen Kälber vorsichtig wieder näher gekommen. Aber nur, um von neuem davonzustürzen, als die Pferde verrückt spielten. Es war eine Situation, wie sie für Zuschauer nicht komischer hätte sein können. Zum Glück hatten wir keine.

Für uns Beteiligte war die Lage allerdings alles andere als witzig. Wie, um alles in der Welt, sollten wir den verschreckten Hund aus dem Acker herausbringen? Jedesmal, wenn sich Timo auf unser Locken vorsichtig näherte, raschelte es natürlich. Und ebenso natürlich versuchten unsere Pferde, diese unheimliche Gegend so schnell wie möglich Richtung Heimat zu verlassen. Mit dem Erfolg, daß der Hund erneut flüchtete und ein unsichtbarer Geist blieb.

So ging es mindestens eine Viertelstunde lang. Dann hatten wir es endlich geschafft. Timo stand auf dem Weg. Die Pferde, die es nun nicht mehr mit einem Gespenst zu tun hatten, sondern mit ihrem wohlvertrauten schwarzen Freund, beruhigten sich. Damit war alles wieder gut.

Daß Timo auf dem Ritt ohne Leine lief, war übrigens kein Zufall. Die Hundeleine ist wohl der am wenigsten gebrauchte Gegenstand in meiner Wohnung. Nur in den ersten eineinhalb Jahren wurde sie im Dorf benutzt. Und jetzt nehme ich sie auf Reisen und Wanderritten mit für Notfälle und Ausnahmesituationen, die es ja immer mal gibt.

Viele Leute, darunter auch etliche Hundebesitzer, beneiden mich um meinen anhänglichen „Schatten". Dabei könnten die meisten es ebensogut haben. Einen Hund zu erziehen ist nicht besonders schwer. Man muß sich nur an das halten, was Hundekenner und Verhaltensforscher raten.

Ich hatte es in dieser Beziehung besonders einfach. Eine Zeitlang arbeitete ich in einer Buchhandlung, wo beinahe jeder Kollege einen Hund besaß. Von ihnen lernte ich eine Menge. Zusätzlich las ich die Bücher von Trumler und Lorenz, die mich hervorragend über Wesen und Verhalten und eine darauf ausgerichtete Hundeerziehung informierten. Auf dieser Grundlage konnte ich aufbauen, als der eigene Hund endlich Wirklichkeit wurde. Sie hat sich als grundsolide Basis erwiesen.

Erleichtert wurde mir die Hundeerziehung noch durch die Tatsache, daß ich allein lebe, mir also niemand hineinredete. Ich konnte immer konsequent bei dem bleiben, was ich anfing. Und Konsequenz ist in der Hundeerziehung ganz, ganz wichtig. Timo wurde durch unser enges Zusammenleben so auf mich fixiert, daß er bis heute nur eine einzige Sorge hat: Ich, also sein Rudel, könne ihm verlorengehen.

Einen jungen Hund in einer mehrköpfigen Familie großzuziehen und vor allem zu *erziehen,* stelle ich mir ungleich schwerer vor. Im besten Fall übernimmt einer dabei das Kommando, aber viel häufiger gehen die Meinungen über das, was nun gerade richtig ist, doch ganz hübsch auseinander. Ein junger Hund ist schnell verwirrt und sucht sich dann seinen eigenen Weg, um in dem „Durcheinander" zurechtzukommen. Doch das nur nebenbei.

Timos Lebensinhalt scheint darin zu bestehen, sich dort aufzuhalten, wo ich bin. Freiwillig entfernt er sich nie von mir, jedenfalls nicht außer Sicht- und Hörweite.

Ein Pfiff genügt, um ihn zurückzuholen. Mit sichtbarer Freude kommt er dann heran und läßt sich loben – außer, wenn er ein schlechtes Gewissen hat. Auch das kommt natürlich vor. Zum Beispiel, wenn er die Futterschüssel eines Kumpels geräubert hat, weil der gerade nicht zu Hause war. Dann läßt mein Hund seine Ohren sozusagen bis auf den Boden hängen und wird ganz klein aus Scham über seine Untat. Zumindest versucht er, diesen Eindruck zu erwecken. Jedenfalls sieht er so erbarmungswürdig aus, daß ich mir große Mühe geben muß, um nicht zu lachen. Denn das darf ich natürlich nicht, sonst wäre die ganze pädagogische Wirkung meiner fälligen Strafpredigt dahin.

Die höchste Steigerung dessen, was Timo als Bestrafung empfindet, ist ein ganz leises, trauriges Schäm dich. Dann schmeißt er sich vor Verzweiflung auf den Rücken und bittet mit Blicken, Pfoten, Schwanz, Zunge und jämmerlichen Tönen um Entschuldigung.

In den meisten Fällen genügt schon ein für ihn sichtbares Kopfschütteln und ein vorwurfsvolles „Timo", um ihm seine Schandtat deutlich zu machen. Schon dann ist er sichtlich geknickt und drängelt an meine Beine, damit ich wieder gut bin. Und natürlich lasse ich mich erweichen. Richtig böse sein kann ich ihm höchstens zwei Minuten.

Wenn ich ihm zunicke und sage: „Ist ja gut", gerät Timo in freudige Erregung. Gleich muß er etwas herbeischleppen, seinen Ball oder ein Stück Holz, und mich zum Spielen auffordern. Der Vorfall ist vergessen und sein Gewissen wieder rein – bis zum nächsten Mal.

Überhaupt hat mein Hund eine breite Skala von Ausdrucksmöglichkeiten. Er kann brummen und lachen, kann beleidigt und erfreut sein. Wenn er sich unbeobachtet glaubt, kann er albern wie ein Welpe mit einem Stöckchen spielen. Treffen wir aber einen jungen Hund, der spielen will, macht Timo ein richtig verlegenes Gesicht, als wollte er sagen: Aber doch nicht hier vor allen Leuten!

Mit seinen sieben Jahren ist er ein gesetzter älterer Herr, der seine Würde zu wahren hat. Nur wenn wir bei den Pferden sind, zeigt er keinerlei würdiges Verhalten. Da benimmt er sich im Gegenteil so albern, wie es nur geht. Besonders verrückt wird er, wenn ich ein Pferd longiere. Dann ist er nicht zu halten. Wie besessen rast er mit im Kreis, mal vor, mal hinter, mal zwischen den Pferdebeinen. Dazu bellt er, daß einem schier das Trommelfell platzt. Es ist die einzige immer wiederkehrende Situation, wo Timo weder auf Rufe noch auf Pfiffe reagiert. Es ist, als hätte er seinen ganzen Gehorsam irgendwo am Rande des Reitplatzes abgelegt.

Zum Glück ist das seine einzige größere Macke. Und sie wird leicht von seinen vielen Vorzügen aufgewogen. So kommt er eigentlich mit allen Hunden zurecht, die er trifft. Von sich aus fängt er keine Rauferei an. Wird er aber angegriffen, wehrt er sich tapfer seiner Haut. Geschickt und trainiert wie er ist, zieht er sich glänzend aus der Affäre und hat noch nie eine Schramme mit nach Hause gebracht.

Im Dorf hat Timo viele Bekannte und einige richtig gute Freunde. Vor allem die Hündinnen dürfen alles mit ihm machen, ihn kneifen, ihn zwicken und lauthals beschimpfen – er liebt sie trotzdem.

Ich bin ganz sicher, daß ohne meinen Hund mein Leben nur halb so schön wäre. Er teilt mit mir meine Erlebnisse, leidet wie ich unter der Hitze, trabt mit mir durch Wind und Wetter, und selbst eisige Kälte kann ihn von seinen selbstgewählten Pflichten nicht abschrecken. Er ist mein Freund.

Weihnachtsreiten

In den ersten Jahren, nachdem ich in „mein Dorf" gezogen war, gab ich im ansässigen Reiterverein, der damals gerade zu neuem Leben erwachte, Unterricht für Anfänger. Es war eine Aufgabe, vor der sich die besseren Reiter gern drückten. Mit Anfängern kann man nicht glänzen. Sie kümmerten sich lieber um die „turnierverdächtigen" Fortgeschrittenen unter den Jugendlichen, denen sie auch ihre Pferde zur Verfügung stellten. Mir blieb der weniger gute „Rest".

Aber auch mit diesen Pferden ließ sich etwas anfangen. Wir fanden eine Menge Möglichkeiten für Spiel und Spaß. Den Kindern und den Pferden gefiel meine Art zu unterrichten; die Erwachsenen, die unser Tun beobachteten, waren weniger begeistert. Es war ihnen alles zu verspielt, zu locker und zu wenig auf „Erfolg" ausgerichtet. Deshalb kam es dann mit der Zeit auch immer häufiger zu Meinungsverschiedenheiten, und ich hörte auf. Aber solange ich dabei war, machte mir meine Aufgabe viel Freude. Und die Kinder zogen voll mit. Sie waren leicht zu begeistern und freuten sich, wenn auch ihre Pferde Eifer zeigten.

Einer der Höhepunkte des Jahres war immer das Weihnachtsreiten, das in der Reithalle „meines" Bauern und Pferdezüchters stattfand. Alle Gruppen des Vereins, in erster Linie die Kinder und Jugendlichen, zeigten bei dieser Gelegenheit ihr Können. Quadrillen wurden eingeübt und Sprünge gezeigt. Damit konnten wir natürlich nicht konkurrieren. Unsere buntgemischte Gruppe aus Ponys und Pferden, blutigen Anfängern und Fortgeschrittenen, die keine Lust auf Turniere hatten, war nicht für klassische Vorführungen geeignet. Wir mußten etwas anderes zeigen. Und wir fanden immer etwas.

In einem Jahr kam ich auf die Idee, uns als MAD-Reitschule zu präsentieren. MAD ist eine absolut irre Zeitschrift und heißt zudem übersetzt auch noch „verrückt". Daraus ließ sich etwas machen. Ein paar brauchbare Einfälle kamen schnell zusammen. Wir hatten ja schon so vieles ausprobiert, daß wir nun nur noch zu kombinieren brauchten.

Ein paar Pferde sollten mit ihren Reitern das „Seilspringen" zeigen, andere konnten über die „Wippe" gehen, ein Ballspiel würde folgen. Vor allem aber sollte alles bunt und fröhlich werden. Bänder, Fahnen, alles, was Farbe ins Spiel brachte, war uns recht. Mit Feuereifer gingen wir an die Arbeit. Die meisten „Spielgeräte" lagen bei mir auf dem Reitplatz schon herum. Wir brauchten sie nur zu holen. Am schwierigsten wurde das mit der schweren Wippe, die lang und unhandlich ist. Aber mit vereinten Kräften und meinem Minischlepper schafften wir es. Bänder, Stäbe und „Seile" waren kein Problem.

Solche „Seile" bestehen aus Kunststoffbögen, die man vom Pferd aus genau wie ein normales Springseil benutzt – nur daß das Pferd mit drüberspringt bzw. trabt. Der Bogen wird vor der Pferdenase gesenkt, man trabt drüber, zieht das „Seil" hinter dem Pferd hoch, führt es über den Kopf wieder nach vorn und so weiter. Es macht unglaublich viel Spaß, vor allem, weil man sein Pferd dabei kaum lenken kann. Es rennt mehr oder weniger selbständig durch die Gegend, was in einer Reithalle nichts schadet.

Die Wippe wurde zur Stardisziplin für Tasso, einen pfiffigen Welshwallach. Er liebte dieses Gerät so sehr, daß er mit und ohne Reiter hinging und das Ding in Bewegung brachte. Wenn er nur weit genug zur Mitte stand, konnte man sich aufs andere Ende stellen und richtig mit ihm auf und ab wippen. Er fand das toll.

Ein anderes „Gerät" war ein hoher Bogen, der mit bunten Bändern ganz zugehängt war. Reiter und Pferde konnten sich beim Durchreiten noch so klein machen, die Bänder streiften ihnen über Köpfe und Rücken. Eine ganz harmlose Übung mit großer Wirkung.

So kam nach und nach das ganze Programm zusammen. Mit einigen Pferden mußten wir mehr, mit anderen weniger üben. Nicht alle machten alle Übungen gleich gern. Manche zeigten eindeutig Vorlieben und Abneigungen, wie Tasso, der Wippe und Seil liebte. Wir wählten deshalb immer einige Pferde für die jeweiligen Übungen aus, denn vor allem wollten wir ja zeigen, wieviel Freude Pferde an solchem „Unsinn" haben können.

Nur meine Mara, die alle Übungen im Schlaf beherrschte und sich vor nichts fürchtete, machte bei allem mit. Zeitweise, bei dem Bänderbogen zum Beispiel, durfte sie sogar die Gruppe anführen. Sie wuchs dann sichtlich um mindestens zwei Zentimeter.

Für den Aufmarsch hatten wir uns etwas besonders Pfiffiges einfallen lassen. Aus einem alten Bettlaken – von einer freundlichen Mutter bereitwillig gestiftet – wurden lange, breite Streifen geschnitten. Darauf wurden in riesigen bunten Buchstaben die Worte „MAD – die verrückteste Reitschule der Welt" gepinselt und zwar so, daß auf jedem Streifen ein Teil dieses Satzes stand. Jeder Streifen wurde links und rechts an einem Holzstab befestigt, so daß zwei Reiter ihn tragen und hochhalten konnten. Die acht Reiter sollten paarweise hintereinander über die Mittellinie auf die Zuschauer zukommen. Das erste Paar sollte am Mittelpunkt auseinandergehen, wobei sich das „Banner" entfalten würde. Das nächste Paar sollte darunter durchreiten, ebenfalls auseinandergehen und seinen Textstreifen zeigen. So sollte nach und nach der ganze Slogan sichtbar werden.

Sollte. Leider – oder zum Glück? – machten wir schon bei diesem Aufmarsch unserem Spruch alle Ehre. Zuerst verhakten sich zwei Stäbe, dann löste sich eine Befestigung, ein Pferd hüpfte, und schließlich schleifte ein Banner traurig im Sand hinter den Reitern her. Der erste – wenn auch nicht eingeplante – Lacher war fällig.

Für den nächsten sorgte Tasso. Beim „Seilspringen" verhakte sich der Bogen seiner Reiterin in der Dekoration des Weihnachtsbaumes, der mitten in der Halle stand. Da er aber unbeirrt weitertrabte, wurde Katja fast aus dem Sattel gezogen. Lacher Nummer zwei.

Aber es wurde nicht nur gelacht, sondern auch geklatscht. Es gab wohl keinen in der Halle, der mit seinem Pferd diese Übungen ohne weiteres hätte nachmachen können. Weder das Ballspiel, bei dem die Pferde mehr als einmal unbeabsichtigt getroffen wurden, noch die Wippe, von der besonders Tasso gar nicht wieder herunter wollte, noch den Bänderbogen oder unsere Schlußnummer, bei der jeder Reiter einen langen Stab mit vielen bunten Bändern schwenkte. Es waren – schon wegen der Farbenpracht – eindrucksvolle Bilder.

Das Schönste aber war für mich etwas anderes. Von der Quadrille und von dem Springen, die anschließend stattfanden, wurde an diesem Tag bestimmt anerkennend gesprochen – über unsere Vorführung redete man noch vier Wochen. Meine Anfänger hatten den „Großen" die Schau gestohlen! Wenn das kein Erfolg war.

Ein richtiger Winter

Was ein richtiger Winter ist, das erleben wir hier im norddeutschen Flachland bestenfalls alle paar Jahre einmal. Meistens müssen wir uns schon mit einer Handvoll Schneeflocken zufriedengeben. Wenn wirklich einmal ein paar Zentimeter liegenbleiben und eine geschlossene Schneedecke bilden, geraten wir ganz aus dem Häuschen und reden pausenlos davon, wie schön das ist.

Zum Ausgleich für die meist fehlende weiße Pracht haben wir Regen und Matsch im Überfluß. Statt der Pelzmütze brauchen wir einen Regenschirm, und die Gummistiefel sind aus dem Kleiderprogramm gar nicht wegzudenken.

Die Pferde stehen mißmutig im Auslauf herum und warten ergeben auf besseres Wetter. Alles, was man anfaßt, ist naß und glitschig. Die Pferdeäpfel zerfließen im Regen und sind aus dem zerwühlten Boden kaum zu entfernen. Und das nennt sich in Norddeutschland nun Winter!

Aber manchmal haben wir auch Glück und bekommen einen richtigen Winter. So einen mit klirrendem Frost und Bergen von Schnee. Dann sind die Pferde voller Lebensfreude und toben herum wie übermütige Fohlen. Und wir holen alles das nach, wovon wir in anderen Jahren nur neidvoll lesen können: Ritte im Pulverschnee, Schlittenfahrten und Skikjöring.

1985 war so ein Winter. Schon ziemlich früh im Januar wurde es kalt und immer kälter. Und dann schneite es. Nicht nur so ein paar dünne, wässerige Flocken wie sonst meist, sondern richtigen trockenen Schnee, der liegenblieb. Die Kinder im Dorf jubelten und sausten in jeder freien Minute mit Schlitten und Schlittschuhen nach draußen. Selbst meine sonst so treuen Reiterinnen fanden meine Pferde eine Zeitlang viel weniger attraktiv als das feste Eis der Teiche.

Die Erwachsenen gingen mehr als sonst spazieren, und wenn man sich traf und ins Klönen kam, war die einhellige Meinung, daß doch nichts über einen richtigen Winter ginge. Nur die Autofahrer waren nicht ganz so begeistert. Sie hatten täglich mit glatten Straßen, zugefrorenen Autotüren und bockenden Motoren zu kämpfen.

Auch ich hatte zu kämpfen. Der Weg zur Weide war mit seinen zwei Kilometern nicht gerade kurz, und mit dem Radfahren war es bald vorbei. Die Pferde aber wollten versorgt werden, und das zweimal am Tag. Kein Wunder also, daß meine Freude über das herrliche Winterwetter ab und zu etwas getrübt war.

Am Anfang ging noch alles wie gewohnt. Solange es nur kalt war, zog ich mich einfach entsprechend wärmer an. Mit einem Kanister voll heißem Wasser auf dem Gepäckträger radelte ich hinaus. Das heiße Wasser brauchte ich für die Pumpe. Ein, zwei Liter oben hineingegossen – und sie funktionierte wie immer.

Der Rest kam in die Tränke, an deren Rändern sich trotz sorgfältiger Isolierung täglich neues Eis bildete. Wenn man nun auf diese Eisränder warmes Wasser laufen ließ, konnte man es ohne Anstrengung entfernen. Und da ich keineswegs die Absicht hatte, meine Wanne zufrieren zu lassen, machte ich das ebenfalls zweimal täglich.

Soweit lief alles eigentlich ganz normal – bis dann der „richtige" Schnee kam. Da war es mit einem Schlage mit der Bequemlichkeit, sprich Radfahren, vorbei. Einen einzigen Versuch unternahm ich noch, aber der endete so kläglich im Straßengraben, daß ich es vorzog, auf mein gewohntes und geliebtes Beförderungsmittel fürs erste zu verzichten.

Da stand ich nun mit meinem Problem. Wie um alles in der Welt schaffte ich mein Pumpenwasser zur Weide hinaus? Es war einer der wenigen Augenblicke, in denen ich es bedaure, kein Auto zu besitzen. Natürlich konnte ich zu Fuß gehen. Spaziergänge an der frischen Luft sollen ja äußerst gesund sein. Der Gedanke begeisterte mich allerdings nicht gerade. Laufen gehört nicht unbedingt zu meinen Hobbys, am allerwenigsten dann, wenn ich einen Fünf-Liter-Kanister mit mir herumschleppen muß.

Der zündende Einfall kam, als mir der erste Läufer auf Skiern begegnete. Natürlich, das war die Lösung! Skier besaß ich – vor langer Zeit einmal als Gelegenheitskauf erstanden –, und wenn ich auch kein guter Läufer war, so konnte ich mich immerhin damit fortbewegen. Mangelndes Können mußte eben durch Begeisterung ersetzt werden.

Gedacht, getan. Ich kramte alles Notwendige hervor und machte mich auf den Weg. Es war viel einfacher, als ich es mir vorgestellt hatte. Auf der ebenen Strecke gelang es mir ganz gut, die Skier halbwegs parallel zu halten. Hin und wieder schaffte ich es sogar, ein paar Schritte zu gleiten. Die meiste Zeit war es allerdings mehr ein Stapfen. Das Ski*laufen* kam erst mit zunehmender Übung ein paar Tage später. Wer mir an diesem ersten Tag begegnete, konnte sein Schmunzeln nicht unterdrücken. Ich grinste zurück, denn ich konnte mir ausmalen, was für einen Anblick ich bot.

Das Beste und Eleganteste waren noch die Skier und die Stiefel, die relativ neu waren. Aber dann! Über den Stiefeln kamen ein paar Ledergamaschen, die verhinderten, daß die Hosenbeine vom Schnee durchweicht wurden. Von den Knien aufwärts beulte sich meine alte Hose, darüber kam der ähnlich schlabberige Parka. Die Ohren, mein empfindlichster Punkt, wurden von selbstgestrickten Ohrenschützern gewärmt. An besonders kalten Tagen kam noch eine ebenfalls handgestrickte Zipfelmütze dazu. Auch Schal und Handschuhe waren „Marke Eigenbau".

Die Krönung von allem aber war der uralte Rucksack, der meinen Kanister beherbergte. Er hing mir fast bis in die Kniekehlen und unterstrich hervorragend den Gesamteindruck. Es war mein Glück, daß ich schon völlig uneitel auf die Welt gekommen bin. Anderenfalls hätte ich in dieser Aufmachung sicher keinen Fuß auf die Straße gesetzt. So aber marschierte ich fröhlich und unbeeindruckt von den belustigten Blicken der übrigen Dorfbewohner durch eine phantastisch verzauberte Welt zu meinen Pferden.

Dort gönnte ich mir noch eine besondere Freude. Solange nämlich der Schnee hoch genug lag, ließ ich meine fünfköpfige Rasselbande auf die größte Weide hinaus. Da tobten sie dann, als hätten sie vier Wochen im Stall gestanden. Bockend, quietschend, steigend und rennend machten sie ihrer Freude über das herrliche Wetter Luft. Bis ihnen nach einer Weile einfiel, daß unter dem Schnee ja auch noch etwas sein mußte. Eifrig schoben sie mit Hufen und Nasen das störende Weiß zur Seite und verschlangen die harten Grashalme, die sich darunter versteckten.

Ich freute mich schon beim Hinlaufen auf die wilde Jagd, die unweigerlich begann, sobald ich das Tor öffnete. Nur einmal nicht.

Wir waren zu dritt und hatten jede unseren Fotoapparat dabei, um das Schauspiel der rennenden und tobenden Pferde im Bild festzuhalten. Und genau an diesem Tag weigerten sich die verflixten Biester, auch nur einen Galoppsprung zu machen! Sie wollten, bitte schön, Gras suchen und nichts anderes. Mit vereinten Kräften mußten wir sie treiben, sonst hätten wir an diesem Tag kein einziges Foto in den Kasten bekommen. So ist das mit unseren Pferden. Sie machen mit Vorliebe das Gegenteil von dem, was wir von ihnen erwarten. Aber natürlich nur, wenn Zuschauer da sind! Ist man mit ihnen allein, klappt alles wie am Schnürchen. Mistviecher!

Natürlich nutzten wir den Schnee nicht nur, um die Pferde darin herumtoben zu lassen. Ebensooft stiegen wir in den Sattel und ritten dann wie auf weicher Watte durch einen richtigen Märchenwald. Bevor man allerdings ganz auf Wolken schwebte, kriegte man gewöhnlich von einem tiefhängenden Ast eine Ladung Schnee ins Genick. Trotzdem gehören die Ritte zu meinen schönsten Erinnerungen an diesen Winter.

Als ich halbwegs sicher und locker auf meinen Skiern stand, setzte ich meine ständige Helferin Heike – sie war damals dreizehn – auf Mara und ließ mich von den beiden schleppen. Als Geschirr diente uns eine einfache Longe, die wir dort, wo sie um Maras Brust lag, abgepolstert hatten. Ein Band über Maras Widerrist hielt die Leine in ihrer Position. Die Enden der Longe nahm ich einfach in die Hände, mehr brauchten wir für meine

Norwegerin nicht. Mara war solide eingefahren und sowieso durch nichts zu erschüttern. Das Lenken besorgte Heike vom Sattel aus. So machten wir Wald- und Feldwege unsicher.

Wenn man sich heute die Fotos von unseren Fahrten ansieht, kann man den Eindruck bekommen, ich hätte mich hinter Maras Schweif schrecklich gefürchtet, so wackelig stehe ich auf meinen Brettern. Aber der Augenschein täuscht. Angst hatte ich bei unseren Versuchen nie – schon gar nicht vor Maras Hinterteil –, nur Respekt vor der Länge und der Selbständigkeit meiner Skier.

Nach dem Spaß kam für uns dann wieder die Arbeit. Das Anschmeißen der Pumpe war ja noch das wenigste, das klappte mit einiger Übung problemlos. Auch das Zerschlagen der Eisdecke, die sich immer wieder bildete, war eine Kleinigkeit im Vergleich zu anderen Tätigkeiten. Da war zum Beispiel das „Ausgraben" des Heues, das an der Rückwand des Stalles unter einem provisorischen Dach aufgestapelt war. Die steifgefrorenen Dachbahnen zu bewegen war Schwerarbeit. Und abgebaut mußten sie werden, anders kamen wir an das Futter nicht heran. Wir zerrten also eine oder zwei von den Platten los, schleppten das Heu durch den Schnee zum hinteren Unterstand, in dem wir Heu und Stroh für jeweils drei Wochen unterbringen konnten. Diese Arbeit war also nicht täglich notwendig, und vorzugsweise erledigte ich sie, wenn ich dabei Hilfe hatte.

Auch die tägliche Pflichtübung des Pferdeäpfel-Aufsammelns erwies sich in diesen Winterwochen als ausgesprochen mühsam. Die angefrorenen Pferdeäpfel im Auslauf mußte man einzeln losschlagen, ehe man sie einsammeln konnte. Dafür waren es hervorragende Wurfgeschosse, die wir zu Timos Begeisterung für ihn durch die Gegend warfen.

Am schlimmsten wurde diese Arbeit, als es tagsüber in der Sonne schon taute und der Schnee langsam dahinschmolz, die Reste aber in der Nacht wieder überfroren. Morgens war der Auslauf ein Spiegel, aus dem die Äpfelhaufen wie kleine Hügel herausragten. Es sah aus, als brauchte man sie nur einzusammeln, aber das war eine optische Täuschung. Erstens rutschte man auf dem glatten Boden herum wie nicht recht gescheit, und zweitens saßen die Pferdeäpfel unten immer noch fest. Man kriegte höchstens ein paar obenliegende Brocken auf die Schaufel.

Die Pferde waren zum Glück so klug, erst in den Auslauf hinauszugehen, wenn der Boden wieder angetaut und damit begehbar war. Selbst dann gingen sie äußerst vorsichtig und sorgfältig, jedes Bein einzeln hebend. Nie forderten sie sich zu dieser Zeit zu einem Spiel heraus, und nicht einmal Mara mußte sich vor „Angriffen" fürchten. Jeder war mit sich selbst beschäftigt.

Auf den Straßen war es ähnlich. Die Skier nützten nichts mehr, denn täglich kam ein Stück Acker oder Gras mehr unter den Schneeresten hervor. Ich nahm also wieder das Rad und eierte behutsam über die rutschigen Wege. Solange keine Hindernisse im Weg waren, ging das ganz gut. Aber wehe, ich geriet in eine Fahrspur! Dann gab es nur eins: runter vom Rad und möglichst auf den Füßen bleiben. In solchen Augenblicken fragte ich mich verzweifelt, warum gerade ich meine Pferde im Offenstall halten mußte. Hätte ich sie in einem Stall im Dorf, wäre alles viel bequemer. Und weniger aufregend.

Wenn ich so richtig am Schimpfen war, fiel mir der vorangegangene Winter ein. Und da war ich dann gleich wieder froh, daß der jetzige mich mit solchen winterlichen Überraschungen verschont hatte, und meine gute Laune kam umgehend zurück.

Auch dieser letzte Winter hatte es nämlich in sich gehabt. Aber die damaligen Probleme waren anders, ganz anders als das, was ich in diesem Jahr erlebt hatte.

Cowgirl auf Zeit

Mein Verhältnis zu Rindviechern war immer mehr gespannt als freundschaftlich. So recht geheuer waren sie mir nie, diese hornbewaffneten Vierbeiner mit den dicken Köpfen. Dennoch sagte ich ja, als mich ein befreundeter Landwirt bat, für eine Weile im Kuhstall auszuhelfen. Er selber mußte wegen eines Leistenbruches ins Krankenhaus und wollte seine Frau nicht mit Pferden und Rindern allein sitzenlassen. Was man ja verstehen kann. Gleich nach Neujahr sollte die Operation vorgenommen werden. Die Tage im Krankenhaus waren abzusehen, aber wie lange die Schonzeit danach dauern würde, war ungewiß.

Eines schönen Tages Ende Dezember fuhr ich zu einer Einführungslektion über den Umgang mit Kühen zum Hof, der weit außerhalb des Dorfes liegt. Nicht allzuweit von meiner Pferdeweide entfernt. Leicht zittrig in den Knien, aber nach außen hin mit einer, wie ich hoffte, gut gespielten Selbstsicherheit, betrat ich mein neues Betätigungsfeld. Als erstes verpaßte man mir ein

Kopftuch: „Sonst kannst du dich bald selber nicht mehr riechen!" Dann ging es in den Stall, wo meine Pfleglinge in Reih und Glied angebunden dastanden, dreizehn Stück milchgebendes Rindvieh.

Ich betrachtete skeptisch die zur Stallgasse hinzeigenden schmutzigen Kuhschwänze und holte noch einmal tief Luft. Dann ging es los. Meine neue Chefin, die ich mehr auf dem Pferderücken kannte, zeigte mir mein Handwerkszeug: das Melkgeschirr und die Kanne. Mit geübten Griffen setzte sie beides zusammen, schaltete die Melkanlage ein – ohne Strom geht nichts –, ging zur nächsten Kuh und hatte im Handumdrehen das Melkgeschirr am Euter angehängt. Es sah ganz einfach aus.

Dann kam ich dran, und prompt ging nichts mehr! Das Melkgeschirr hat vier „Töpfe", für jeden „Strich" des Euters einen. Die Töpfe werden von unten über die Striche geschoben, wo sie wie angeklebt hängenbleiben und die Milch absaugen – wenn man es richtig macht. Bei mir klebten sie nicht. Sie fielen im Gegenteil schneller wieder herunter als ich sie anhängte. Die Milch lief schon und tropfte auf den Boden. Meine Kuh wedelte bereits unwillig mit dem Schwanz – und ich hockte in seiner beängstigenden Nähe und schwitzte stumm und verbissen vor mich hin.

Meine Chefin grinste. Aber dann erbarmte sie sich und zeigte mir noch einmal den entscheidenden Griff. Man muß nämlich den Schlauch, der Topf und Kanne verbindet, kurz abknicken, so daß ein Vakuum entsteht, und dann den Topf ganz schnell über den Strich schieben. Er wird dort mit einem hörbaren Schmatzen „angesaugt" und sitzt fest, bis man ihn später mit einer schnellen Handbewegung wieder abnimmt.

Wie erlöst kam ich unter meiner nun wieder zufriedenen Kuh hervor und holte erst einmal Luft, die ich vor Anstrengung und Konzentration die ganze Zeit angehalten hatte. So aufregend hatte ich mir meine neue Tätigkeit nicht vorgestellt. Immerhin hatte ich das Wesentliche begriffen. Mit beträchtlich mehr Mut ging ich zur nächsten Kuh, hängte sie an das zweite Melkgeschirr, hängte das erste ab, schleppte die Kanne zur Kühlanlage, leerte sie aus, trug sie zurück, hängte eine weitere Kuh an, hängte die zweite ab, schleppte die Kanne... und so weiter, und so weiter.

Wir arbeiteten zu zweit mit drei Melkgeschirren, und da ich lernen sollte, fiel mir die Hauptarbeit zu – immer unter den kritischen Blicken der Chefin. Da hieß es flitzen. Ich hatte einen knallroten Kopf, schwitzte wie in der Sauna und sehnte mich nach einer Pause.

Endlich waren alle Kühe ihre Milch los, das Dröhnen der Melkanlage verstummte. In die plötzliche Stille hinein klang das fordernde Maunzen der zahlreichen Hofkatzen, die sich um ihre Milchschüssel versammelt hatten und ungeduldig ihren Anteil verlangten. Nebenan brummten und muhten die Rinder, die an diesem Tag wohl länger als sonst auf ihr Abendfutter warten mußten.

Pause? Denkste! Sechzig Stück Rindvieh wollten versorgt sein, ehe ich Feierabend machen konnte. Schubkarrenweise fuhr ich Maissilage, Rüben und Heu in die Ställe, verteilte Schrot und gab den Kühen ihr Zusatzfutter, das die Milchleistung steigern sollte. Was ich für überflüssig hielt, denn mir waren die Kannen schwer genug gewesen!

Nach gut zwei Stunden konnte ich heimwärts radeln. Müde, zerschlagen und nur noch von dem Gedanken an meine Badewanne aufrecht gehalten. In meinem Herzen nagten Zweifel: Ob ich den Job lange durchhalten würde?

In den nächsten Tagen gewöhnte ich mich an meine Arbeit und an einen völlig neuen Tagesrhythmus. Ganz früh, noch im Dunkeln, fuhr ich zu meinen Pferden, füllte ihre Heuraufen und fuhr weiter zum Hof. Timo kam für die Dauer meiner Tätigkeit in die leere Reithalle. Dort lag eine alte Pferdedecke, auf der er sich seufzend und ergeben zusammenrollte, um auf meine Rückkehr zu warten. Wie eine große schwarze Kugel lag er da, weder Augen noch Ohren noch Pfoten waren zu unterscheiden. So hatte er es wenigstens halbwegs warm. Außerdem war er hier in der Halle vor den scharfen Zähnen des Hofhundes Bobby sicher. Er hatte *einmal* damit Bekanntschaft gemacht, das genügte.

Meine Morgenarbeit glich meiner abendlichen Tätigkeit aufs Haar. Immer wurde erst gemolken, dann gefüttert: Rüben, Silage, Heu und Schrot. Die Rüben wurden in eine Schneidemaschine geschaufelt und dann im zerkleinerten Zustand schubkarrenweise verteilt. Auch die Silage wurde per Karre zu den Rindern gefahren. Es war gar nicht so einfach, heil um die Ecken zu kommen, wenn lange Rinderzungen schon gierig am Futter zupften und zerrten. Ich rammte in den ersten Tagen so ziemlich gegen jedes Hindernis, zerschrammte mir die Finger an den Wänden der engen Gänge und lernte erst allmählich, mich und meine Karre unfallfrei durch die Ställe zu lotsen.

Ich lernte „Kuhheu" von „Pferdeheu" zu unterscheiden und welche Bunde die Rinder bekamen. Kühe und Kälber bekamen das weichste und zarteste Heu, die Rinder das weniger gute. Nach beendeter Morgenarbeit gab es ein deftiges Frühstück, das mich für die nun folgende Arbeit bei meinen Pferden stärkte. Es war meistens eine recht vergnügliche Angelegenheit, vor allem, als der Bauer aus dem Krankenhaus zurückkam und feststellen mußte, daß es mit seiner Kraft und Beweglichkeit noch nicht allzuweit her war. Um nicht nutzlos im Stall herumzustehen – oder konnte er nur meine Arbeit nicht mitansehen? –, übernahm er das Kaffeekochen. Jeden Morgen briet er Unmengen von Eiern mit Schinken – eigene Herstellung, mmmh – und deckte den Tisch wie für eine ganze Kompanie.

Gegen fünf fuhr ich dann zum zweitenmal zum Hof, um die Kühe von ihrer Milch zu befreien. Oft hatte ich dabei Hilfe von Jörg, einem Jungen aus der Nachbarschaft, der den Umgang mit Rindviechern von klein auf gewohnt war. Er bemühte sich erfolglos, mich seine Überlegenheit nicht allzusehr merken zu lassen, war aber gleichzeitig unbändig stolz auf seine Tüchtigkeit. Was ich nur zu gut verstand. Er war mir wirklich über.

Die Arbeit ging mir jeden Tag ein bißchen flotter von der Hand. Die Milchkannen schienen täglich an Gewicht zu verlieren – was nicht an den Kühen lag! –, und auch die vollen Schubkarren wurden scheinbar immer leichter. Dafür wurden meine Blusenärmel zusehends knapper, soviel Muskeln bekam ich an den Oberarmen.

Je geschickter ich im Umgang mit dem Melkgeschirr wurde, je besser die notwendigen Handgriffe saßen, desto mehr Spaß hatte ich an der Arbeit. Bald konnte ich die Kühe auseinanderhalten, wußte, welche viel und welche weniger Milch gaben, kannte die Reihenfolge, in der sie gemolken wurden, und lernte, auf die Anzeichen für ein baldiges Kalben zu achten. Überhaupt waren die ersten Tage ein ständiger Lernprozeß.

Natürlich gab es auch Pannen. Einmal vergaß ich, ein Euter vor dem Melken abzuwaschen, worauf sich das Geschirr so festsaugte, daß ich es fast nicht mehr runterbekam. Ein anderes Mal hatte ich den Kannendeckel nicht richtig geschlossen und wunderte mich, warum an Stelle der Milch nur Luft gesaugt wurde. Einmal landete ich auch samt Melkgeschirr auf der Stallgasse, als mir eine ungeduldige Kuh sehr fußgreiflich klarmachte, daß ihr meine Ungeschicklichkeit auf den Wecker ging. Aber im großen und ganzen kam ich immer besser zurecht. Und als die ersten Kälbchen geboren wurden, verbrachte ich plötzlich viel mehr Zeit als notwendig im Kuhstall. Was mir die Rüge einbrachte: Du sollst nicht mit den Kälbern spielen, sondern sie füttern.

Neugeborene Kälbchen muß man einfach gern haben! Vor allem, wenn man selbst geholfen hat, sie auf die Welt zu ziehen. Was mitunter alles andere als einfach ist. Naß und glitschig liegen sie dann hinter ihren Müttern, so hilflos, wie Neugeborene nur sein können.

Anders als Pferdekinder werden Kälber ihren Müttern sofort weggenommen und von Hand aufgezogen. Eine Tatsache, mit der ich mich nur schwer abfinden konnte. Ich fand es schlichtweg gemein, was wir da taten. Aber ich bin ja auch kein Bauer, der mit der Milch seiner Kühe Geld verdienen will oder muß. Die Kleinen wurden – meist auf der Schubkarre – zu den dick eingestreuten Kälberboxen gebracht, ins Stroh gelegt und nach Kräften abgerubbelt, um den Blutkreislauf in Gang zu bringen. Eine Arbeit, die normalerweise die rauhe Zunge der Mutter übernimmt. Ganz trocken wurden sie dabei nie. Es dauert ein paar Stunden, bis aus den feuchten Kringeln ein glattes, weiches Kalbfell wird. Die erste Mahlzeit bekamen die Neugeborenen, wenn gemolken wurde. Immer war es zuerst die Milch der Mutter, die wir ihnen vorsetzten. Erst nach etwa vierzehn Tagen wurde mit fremder Milch gemischt, und schließlich war es dann egal, woher die Nahrung kam.

Ein Kälbchen das Trinken aus dem Eimer zu lehren, ist eine aufregende Sache. Zuerst muß man den Racker mal bewegen aufzustehen. Dabei brauchen besonders die großen und weniger hungrigen Kälber regelrecht Hilfestellung. Nun klemmt man sich das Kalb zwischen die Beine, hält ihm mit der einen Hand den Eimer vor die Nase und drückt mit der anderen den Kopf nach unten. Die meisten Kälber leisteten dabei zuerst ganz energisch Widerstand, denn ihr Instinkt sagt ihnen, daß sich die Milchquelle *über* ihnen befinden muß und nicht am Boden.

Beim ersten Mal ist es deshalb gut, wenn man einen Helfer hat, der seine Hand in die Milch taucht und das Kalb daran lecken läßt, bis es zu saugen beginnt. Dann geht er mit der Hand in den Eimer und lockt das Mäulchen mit. Damit ist das Schwerste geschafft. Es ist nur noch eine Frage der Zeit, bis sich in dem Gehirn des Kleinen die Gedankenverbindung Milch-Eimer-Unten fest einprägt.

Nach wenigen Tagen kannten die Kälbchen mich und meinen Eimer. Sie empfingen mich ungeduldig blökend. Mitunter waren sie schon so stürmisch, daß ich aufpassen mußte wie ein Schießhund, um bei ihren Kopfstößen – auch das ist angeborenes Verhalten – die Eimer fest im Griff zu behalten. Bei vieren gleichzeitig schaffte ich es gerade noch, wenn ich Beine und Knie zu Hilfe nahm. Bei fünfen fiel garantiert einer um.

Natürlich bekamen meine Kälber auch Namen, und

manche hörten sogar darauf. Aber schon kurze Zeit, nachdem sie in die nächst größere Gruppe und damit in eine Laufbox umgezogen waren, taten sie so fremd, als hätten sie mich noch nie gesehen. Ich war ein bißchen traurig darüber, aber es erleichterte mir den Abschied, als ich nach zwei Monaten meiner Arbeit ade sagte.

Mit „meinem" Bauern verbindet mich immer noch eine gute Freundschaft. Von Zeit zu Zeit schaue ich bei ihm herein, um ein bißchen zu klönen. Allerdings sprechen wir dann nicht über Kühe, sondern über Pferde. Achtzig Stück haben er und seine Frau in ihrem Zuchtstall stehen, vom Saugfohlen bis zur alten Mutterstute, vom Junghengst bis zum erfahrenen Turnierpferd. Kein Wunder, daß uns der Gesprächsstoff nicht ausgeht.

Und noch einen großen Vorteil hat mir meine damalige Tätigkeit eingebracht: Ich brauche mir weder um Heu noch um Stroh jemals Sorgen zu machen. Mein Bauer mäht meine Wiesen, wendet und preßt das Heu auf, fährt es mir zum Stall und besorgt mir so viel Futterstroh, wie ich nur haben will. Das kostet mich alles keinen Pfennig, denn zum Ausgleich helfe ich in der Heu- und Strohernte mit. Und deshalb, wirklich nur deshalb, kann ich heute meine Herde mit Gleichmut und ohne Futtersorgen anwachsen sehen.

Wiehernde Gäste

Flakkeri war das erste Pensionspferd, aber er blieb zum Glück nicht das einzige. Zum Glück deshalb, weil ich mir nichts Schöneres vorstellen kann, als neue Menschen und Pferde kennenzulernen. Und nun – ganz so, als hätte Flakkeris Ankunft ein geheimes Signal ausgelöst – bekam ich reichlich Gelegenheit dazu.

Es hatte sich in meinem großen Freundes- und Bekanntenkreis offenbar herumgesprochen, daß ich über mehrere Weiden, einen kleinen Reitplatz und obendrein über ein herrliches Reitgelände mit wundervollen Galoppstrecken verfügte. Wobei letzteres natürlich nicht wirklich mir gehörte. Aber die paar Reiter, die bei uns ins Gelände gehen, verlieren sich in Wald und Feld wie Stecknadeln im Heuhaufen. Wenn wir wirklich einmal auf einem Ausritt mehr als eine kleine Reitergruppe treffen, halte ich den Wald bereits für „überlaufen".

Eine meiner ersten Gäste war Bremer-Ute, die gleich mit zwei Pferden anrückte. Bremer-Ute heißt sie deshalb, weil ich allein aus Reiterkreisen fünf Freundinnen mit Namen Ute habe. Es bleibt mir gar nichts anderes übrig, als sie irgendwie zu kennzeichnen. Also setze ich einfach den Ortsnamen dazu. Dann weiß jeder, von wem die Rede ist.

Bremer-Ute brachte zwei Pferde mit, ihren Araber Ruabid und die Traberstute Annabelle. Die drei bilden ein Gespann, wie man es so leicht nicht wiederfindet! Der eigentliche Chef ist Ruabid, der aber so auf seine Besitzerin fixiert ist, daß es nie zu echten Machtkämpfen kommt. Wenn er mal nicht so recht will, hält Ute ihm eine Standpauke – und dann tut er, was sie wünscht. Es ist faszinierend zu beobachten, mitunter auch komisch, immer aber verblüffend. Meine Pferde würden mir was husten, wenn ich versuchte, sie auf diese Weise zur Räson zu bringen. Aber, wie gesagt, zwischen Ute und Ruabid werden Meinungsverschiedenheiten durch mehr oder weniger ernste Worte beigelegt.

Annabelle, die Traberstute, ist aus ganz anderem Holz. Sie ist längst nicht so auf Ute fixiert wie Ruabid, deshalb auch von anderen gut zu reiten. Man muß sich allerdings durchsetzen können, wenn man ihre Mitarbeit will, und dabei darf man sich niemals auf Zweikämpfe einlassen. Annabelle hat einen ausgeprägten Dickkopf – man kann es auch Charakter nennen – und läßt sich lieber rückwärts in einen Graben fallen als nachzugeben. Sie akzeptiert gute Reiter im Sattel und selbstbewußte Menschen zu Fuß, aber sie haßt jede Art von Zwang.

Utes Anfangsprobleme mit der „verrückten" Stute würden ganze Bücher füllen. Aber sie ließ sich nie entmutigen. Weder Schrammen noch Prellungen noch gebrochene Finger konnten ihren Glauben an ihre Stute erschüttern. Wenn wir Freunde von Annabelles neuesten Einfällen und somit von Utes Abenteuern erfuhren, drehten wir die Augen zum Himmel und wunderten uns, daß auch diesmal nicht mehr passiert war. Doch erstaunlicherweise kam sie immer recht glimpflich davon.

Doch von Annabelle wollte ich eigentlich gar nicht erzählen. Es war nämlich Ruabid, dem meine dicke gemütliche Mara eine der Sternstunden ihres Lebens verdankte. Und das kam so.

Als Ute mit ihren Pferden bei mir Urlaub machte, konnte sie Ruabid, der einen angeknacksten Rücken hat, nicht mehr reiten. Sie hatte sich deshalb angewöhnt, ihn als Handpferd mitzunehmen. Das war eine abenteuerliche Geschichte, die vom Mitreiter gute Nerven erforderte! Ruabid lief so lange gut nebenher, wie er Lust und nichts besseres zu tun hatte. Wenn er äpfeln wollte, blieb er ohne Vorankündigung einfach stehen, und Ute, die Annabelle nicht so rasch bremsen konnte, wurde fast der Arm ausgerissen. Meistens ließ sie einfach den Strick los, ritt die paar Schritte zurück und sammelte ihren „Bitti" wieder ein.

Mitunter kam er allerdings auf die Idee, daß eine Freßpause angezeigt wäre, und ließ sich nicht fangen.

Dann mußte Ute absitzen, ihm eine Strafpredigt halten, den Strick nehmen und wieder auf Annabelle klettern. Da sie selbst klein, die Stute aber recht groß ist, war das gar nicht so einfach, wenn nicht gerade ein Stein, ein Baumstamm oder ähnliche Hilfe am Weg lag.

Eine andere Spezialität von Ruabid war es, sich plötzlich vorzudrängeln und Annabelle den Weg zu versperren. Dann kam das Dreigespann abrupt zum Stehen, und ich als begleitender Reiter brummte mit Mara, die damals noch nicht die schnellste Reaktion hatte, hinten drauf. Das wiederum gefiel Annabelle gar nicht, und schon war das schönste Theater im Gange.

Nach einer Weile fragte Ute, ob ich nicht mal Ruabid als Handpferd nehmen wollte. Ich hatte so etwas noch nie gemacht und keine Ahnung, wie Mara sich dazu stellen würde. Aber Lust, es auszuprobieren, hatte ich natürlich. Schlimmstenfalls konnte ich ja, genau wie Ute, einfach den Strick loslassen.

Ich übernahm also den Führstrick und holte Ruabid an Maras Seite. Die spitzte die Ohren – und wuchs förmlich in die Höhe. Ganz so, als wäre sie sich ihrer neuen Aufgabe und „Stellung" bewußt. Und sie war es wirklich! Schon bei Ruabids erstem Versuch, sich an ihr vorbeizudrängeln, ergriff sie disziplinarische Maßnahmen. Meine liebe, zurückhaltende Mara, das absolute Schlußlicht meiner Herde, biß den Wallach kurz und kräftig in den Hals!

Ruabid war mindestens ebenso verblüfft wie ich. Erschrocken zog er sich in die alte Position an Maras Seite zurück. Und dort blieb er, bis wir zu Hause waren. Mara aber lief stolz wie ein Spanier und mit einer Aufrichtung, die ich weder vorher noch später an ihr gesehen habe, durch den Wald. Zum ersten und wohl auch einzigen Mal in ihrem Leben mußte ihr jemand gehorchen. Ich glaube, sie hat diesen Ritt sehr genossen.

Ein anderer bemerkenswerter vierbeiniger Gast war Neila, eine Welsh-Araber-Stute. Sie gehörte (und gehört auch weiterhin) einem Mädchen, Heike, die vier Wochen mit ihr bei mir war. Neila war ebenso anhänglich an ihre Besitzerin wie Ruabid es war. Die beiden konnten regelrecht miteinander spielen, wobei sie abwechselnd Angreifer und Verteidiger waren. Es machte beiden einen Riesenspaß.

Neila war unter dem Sattel eins der nervösesten Pferde, die mir je begegnet sind. Sie konnte keinen ruhigen Schritt gehen, zackelte ständig, trabte mit weggedrücktem Rücken und legte im Galopp ein unwahrscheinliches Tempo vor. Auf dem ersten Ausritt, den wir zusammen machten, zeigte sie Lindy und mir nur die Hufe. Heike hatte mir erzählt, daß die Stute schnell sei, aber so schnell hatte ich sie mir nicht vorgestellt. Beim ersten Galopp entfernte sie sich in rasender Geschwindigkeit und war nur noch ein grauer, immer kleiner werdender Punkt in der Landschaft. Lindy, die auch nicht gerade langsam ist, machte gar nicht erst den Versuch hinterherzurennen.

Nach diesem eindrucksvollen Erlebnis fingen wir an, mit Neila auf dem Platz zu arbeiten. Ich gab ihr eine Gummitrense ins Maul und stieg in den Sattel. Ihre Begeisterung über mein Ansinnen zeigte sie dadurch, daß sie mich kurz in den Stiefel biß. Aber dann verstanden wir uns eigentlich recht gut. Am ersten Tag ritt ich sie nur im Schritt und fast nur auf gebogenen Linien, damit sie nicht mit mir davonschießen konnte. Ich fühlte mich sofort in die erste Zeit mit Winnie zurückversetzt. Der Unterschied bestand nur darin, daß ich jetzt genau wußte, was ich mit dem Pferd machen wollte.

Das Gummigebiß gefiel Neila offenbar sehr gut. Sie begann zu kauen und entspannte sich sicht- und fühlbar. Am nächsten Tag konnte ich die Übungen bereits im Trab wiederholen, ohne daß sie zu stürmen anfing. Heike staunte Bauklötzer. Sie hatte Neila bis zu diesem Zeitpunkt quasi ohne Zügel geritten, beziehungsweise die Zügel nur zum Bremsen benutzt. Alles in der löblichen Absicht, die Stute beim Reiten nicht zu stören.

Jetzt sah sie zum erstenmal, daß man einem aufgeregten Pferd mit einer ganz leichten Anlehnung so etwas wie Sicherheit geben kann. Sie versuchte es selbst und hatte schnell den Bogen raus. Danach wurde Neila auch auf den Ausritten bedeutend ruhiger, wenn auch nicht von heute auf morgen langsam.

Als ich Heike noch ein paar Tips für zu Hause mit auf den Weg geben wollte, merkte ich wieder einmal, in was für einem Paradies ich lebe und reite.

Mein Rat: Nicht jede Galoppstrecke bei jedem Ritt im Galopp reiten, sondern öfter mal im Schritt unter die Hufe nehmen.

Heikes Antwort: Was heißt hier „jede Galoppstrecke"? Wir haben *einen* Weg, auf dem wir galoppieren können und dürfen. Und auf den möchte ich eigentlich nicht verzichten.

Mein zweiter Vorschlag war auch nicht besser: Mit Neila alle paar Tage das zu üben, was wir hier auf dem Platz gemacht hatten, um ihr mehr Vertrauen in die Reiterhand zu geben.

Heike sah mich nur ratlos an: Auf welchem Platz denn, wir haben nur einen winzigen Auslauf. Dann kommt gleich die Straße, und bis ich im Wald bin, sind wir schon eine halbe Stunde unterwegs. In eine Reitgruppe will ich nicht, da regt Neila sich bloß noch mehr auf als sonst.

Tja, so ist das mit guten Ratschlägen, wenn man von den eigenen Möglichkeiten ausgeht. So glaube ich nicht, daß meine „Korrekturen" bei Neila lange vorgehalten haben. Gehört habe ich nichts mehr.

Ein anderes Chaotenpferd war Heidi, eine dreijährige Reitponystute. Ich sollte versuchen, sie anzureiten. „Versuchen" deshalb, weil sie bereits einige Abenteuer hinter sich hatte und kein Mensch wußte, wie sie sich benehmen würde.

Heidis erste Erfahrung mit dem Sattel war eine einzige Katastrophe geworden. Ihre Besitzerin hatte ihr den Sattel aufgelegt, den Gurt nur leicht angezogen, um sie nicht zu erschrecken, und sie dann an die Longe genommen. Soweit ging alles gut. Aber schon nach den ersten Schritten fing der Sattel an zu rutschen, die Stute erschrak, fing an zu buckeln, der Sattel saß plötzlich unter dem Bauch, das Pferd drehte durch und ging mitsamt der Longe ab – von der Weide über die Straße, rein in die Heide. Und die ist groß! Nach über einer Stunde konnte Heidi endlich eingefangen werden. Doch ihr schreckliches Erlebnis hatte sich so fest eingeprägt, daß sie schon beim Anblick eines Sattels Reißaus nahm. Was man ja durchaus verstehen kann.

Meine Hauptaufgabe bestand nun darin, ihr das verhaßte Lederding schmackhaft zu machen. Einfach war es nicht. Zuerst nahm ich nur den Sattel auf den Arm und ging damit in Heidis Auslauf spazieren, bis es ihr lästig wurde, vor mir davonzulaufen. Gleichzeitig arbeitete ich daran, daß sie überhaupt etwas auf ihrem Rücken duldete. Ich lappte sie aus. Das heißt, ich bewegte mich mit einer weichen Decke vor, neben und hinter ihr, legte sie ihr schließlich auf den Rücken, nahm sie wieder herunter und zog sie ihr schließlich über den ganzen Körper, sogar unter dem Bauch durch, was ihr besonders gräßlich war. Das dauerte ein paar Tage. Dann rief ich ihre Besitzerin an. Mit dem Sattel wollte ich es lieber nicht allein versuchen.

Auch jetzt fingen wir wieder ganz langsam und harmlos an. Heidi durfte den Sattel, der ihr schon nicht mehr ganz so unheimlich war wie am Anfang, beschnuppern, wurde zur Belohnung gefüttert, und dann konnte ich endlich den Sattel über ihrem Rücken schweben lassen, ohne daß sie davonstürmte.

Wieder ein paar Tage später duldete sie den Sattel auf ihrem Rücken. Probleme gab es erst wieder, als wir versuchten, den Gurt anzuziehen. Alles an ihr war Abwehr. Weil aber immer einer am Kopf stand und Ruhe ausstrahlte, akzeptierte sie schließlich auch den enger werdenden Gurt.

Aber alles in allem war es eine „schwere Geburt", bis Heidi ihre Angst soweit abgebaut hatte, daß sie sich ohne Probleme satteln ließ. Und alles nur, weil ihre Besitzerin es beim ersten Mal zu gut gemeint hatte. So was gibt's.

Falls jetzt der Eindruck entstanden ist, daß sich bei mir nur Pferde mit „Dachschaden" einfinden, so muß ich diesen Eindruck ganz schnell korrigieren. In der Hauptsache kommen ganz brave, stinknormale Pferde zu Besuch; nur – über die läßt sich nicht so viel erzählen. Mit denen erlebt man solche Geschichten eben nicht.

Wanderritt „rund um Hamburg"

Seit ich 1982 meinen ersten Wanderritt gemacht habe, hat mich der „Wanderteufel" fest im Griff. Jedes Jahr bekomme ich richtiggehend Reisefieber, wenn ich nur an den Herbst denke. Schon im Frühjahr fange ich an zu überlegen, wo es denn diesmal hingehen soll und wer wohl mitreiten könnte.

Als ideale Partnerin hat sich eine jüngere Freundin, Imke, erwiesen. Wir verstehen uns unterwegs so gut, daß wir auch verregnete Tage, Schwierigkeiten, Probleme und sogar Streit unbeschadet überstanden haben. Wir können über die gleichen Dinge lachen, und das ist auf so einem Ritt nicht unwichtig.

Imkes Islandstute Perli paßt vom Tempo her zu meiner Mara und ist fast genauso sicher an Straßen, Brücken und im Verkehr. Kein Wunder also, daß ich Imke fragte, ob sie auf einen Ritt „rund um Hamburg" mitkommen würde. Ich hatte es mir nämlich in den Kopf gesetzt, meine alte Heimat, die Stadt Pinneberg im südlichsten Holstein, per Pferd zu besuchen. Das bedeutete, daß wir nicht nur um ganz Hamburg herumreiten mußten, sondern auch zweimal – einmal auf dem Hin-, einmal auf dem Rückweg – die Elbe zu überqueren hatten.

Das alles schreckte Imke nicht ab. Zum Glück, kann ich nur sagen; denn auf diesem Ritt erlebten wir noch einiges mehr als auf anderen. Zum einen lag das an der Länge der Strecke; über vierhundert Kilometer hatten wir zu bewältigen, die wir in vierzehn Tagen, einschließlich einiger Ruhetage, hinter uns bringen wollten. Zum anderen lag es an der Richtung, in der wir uns bewegten. Nach Norden hin nehmen Menschen, Straßen und Autos ganz beträchtlich zu.

Quartiere zu bekommen war diesseits der Elbe kein Problem, da kenne ich genug Leute und Höfe. Schwieriger wurde es auf der anderen Seite. Doch auch da klärte sich nach und nach alles zum besten. Der Bogen um Hamburg wurde etwas größer als ursprünglich geplant, aber zehn oder zwanzig Kilometer mehr in der Gesamtlänge erschreckten uns nun wirklich nicht, solange die Unterkünfte nicht zu weit auseinander lagen.

Mein liebster Monat für Wanderritte ist der September. Da plagen einen die Bremsen und Mücken nicht mehr so, das Wetter ist meist recht beständig, Quartiere bekommt man ohne Schwierigkeiten, und die Pferde haben vom Sommer her eine gute Kondition. Also setzten wir den Tag des Abrittes auf den 31. August fest. In Pinneberg wurden wir am 7. September erwartet, und am 14. wollten wir zurück sein. Der Hinweg war ein gutes Stück länger als der Rückweg, das hing mit der geplanten Strecke zusammen.

In bester Laune machten wir uns am Samstagmorgen auf den Weg, Timo lief wie immer ganz kasperig vor Freude vorneweg. Es war alles wie sonst: das Kribbeln in der Magengegend, die gespannte Erwartung, der morgendliche Nebel – und Maras mißmutiges Gesicht! Am ersten Tag treibt mich meine geliebte Stute fast zum Wahnsinn. An jeder Ecke verkündet sie, daß sie nach Hause wolle. Ihr Schneckentempo ist alles andere als eine Freude. Das ändert sich wie mit einem Zauberschlag am zweiten Tag. Da ist sie plötzlich hellwach, munter, lauffreudig und energiegeladen. Warum das so ist, mag der Himmel wissen, mit Tatsachen muß man eben leben.

Diesmal war Maras Unlust das kleinste Problem des Tages. Kurz vor unserem Ziel passierte etwas viel Unangenehmeres. Sie verlor ein Eisen und das, nachdem mein Schmied vor wenigen Tagen extra noch mal herausgekommen war, um alle Eisen zu kontrollieren. Ihn traf auch keine Schuld an der Panne. Mara war gestolpert, ins Vordereisen getreten und hatte es dabei glatt abgerissen.

Nun standen wir also da und schauten uns belämmert an. Guter Rat war teuer. Zum Glück hatten wir an diesem Tag nur noch zwei Kilometer zu reiten und wurden zudem von guten Freunden erwartet. Also saß ich zähneknirschend ab und marschierte das letzte Stück zu

Fuß. Mit den Zähnen knirschte ich übrigens nicht, weil mich der Fußmarsch ärgerte, sondern weil mir die Tränen kamen. Ohne das Eisen konnten wir unmöglich unseren Ritt fortsetzen, soviel war klar. Und wenn wir das Eisen auch hatten, so brauchten wir doch jemanden, der es wieder aufnagelte.

Bedrückt erreichten wir unser Ziel. Und nun zeigte sich der Wert einer guten Freundschaft. Anette, unsere Gastgeberin, stürzte ans Telefon und machte ihren Schmied mobil. Zwei Stunden später waren wir unsere Sorgen los. Das vierte Eisen saß wieder an Ort und Stelle. Der Ritt konnte weitergehen.

„Nehmen wir das nun als gutes oder als schlechtes Omen?" grinste Imke, als das Problem aus der Welt war.

„Als gutes natürlich", gab ich erleichtert zurück. „Wenn wir überall so schnelle Hilfe finden, kann doch gar nichts schiefgehen!"

Die nächsten Tage bescherten uns zum Glück keine solchen unangenehmen Überraschungen. Der Ritt verlief friedlich und schön, die Wege durch die Heide waren gut, die Quartiere sauber und bequem, das Essen ausgezeichnet. Auch die Pferde kamen jedesmal so gut unter, wie wir es uns nur wünschen konnten. Am vierten Tag kamen wir in unbekannte Gefilde. Von Hanstedt am Rande des Naturparks ging es nach Winsen, wo uns eine entfernte Verwandte erwartete. Sie hatte geschrieben, daß sie am Nachmittag zum Kaffeeklatsch eingeladen wäre, und so wollten wir versuchen, sie noch vorher zu erwischen.

Ganz schafften wir es nicht. Wir mußten sie ausgerechnet bei der ersten Tasse Kaffee stören. Sie nahm es uns nicht übel. Das Quartier für die Pferde hatte sie bei einem Landwirt ausfindig gemacht, ganz in der Nähe ihres Hauses. Mara und Perli kamen zusammen in eine riesige Box, wo sie Wasser und Heu im Überfluß vorfanden. Sobald die Pferde versorgt waren, schickten wir die Tante an ihren Kaffeetisch zurück. Für uns konnten wir selber sorgen. Einen langen gemütlichen Nachmittag verbrachten wir faul und zufrieden auf der Terrasse. Abends fuhren wir noch den Anfang der nächsten Etappe mit dem Auto ab. Das war uns ganz recht; denn innerhalb der Ortschaften irritieren Karten manchmal mehr, als sie nützen. So lernten wir diesmal eine hübsche Abkürzung kennen, die uns ein gutes Stück weiterhalf.

Das war dann für den Rest des Tages auch das einzig Positive. Denn dieser Tag hatte es in sich! Auf der Karte hatte alles ganz einfach ausgesehen. Ein alter, als befahrbar eingezeichneter – und damit auch für uns Reiter erlaubter – Deich sollte uns helfen, die Fahrstraßen nach Geesthacht so weit wie möglich zu vermeiden. Dort wollten bzw. mußten wir dann über die große Elbbrücke auf die Hamburger Seite, weiter durch den herrlichen Sachsenwald nach Großensee, unserem Tagesziel.

Soweit war alles klar. Als nicht so klar erwies sich unser Schleichweg. Zwar fanden wir den bewußten Deich ohne Mühe, aber leider versperrte uns ein Stacheldrahtzaun den Weg. Nun kannte ich zum Glück aus Holstein solche Innendeiche und wußte, daß sie gewöhnlich Tore haben, wenn sie als befahrbar gekennzeichnet sind. So war es auch hier. Das Tor hatte zwar eine Kette, war aber nicht verschlossen. Erleichtert führten wir unsere Pferde hindurch auf den Weg, der sich gut sichtbar am Fuß des Deiches hinzog. Wir versperrten sorgfältig den Eingang und saßen auf.

Zunächst war alles in schönster Ordnung. Nach ein paar hundert Metern kam ein weiterer Stacheldrahtzaun, dessen leichtes Drahttor uns keine Schwierigkeiten bereitete. Tja, und dann kamen die Rindviecher! Von allen Seiten strömten sie herbei, neugierig wie nur Rinder sein können. Ihr Muhen war Frage und Begeisterung über die plötzliche Belebung der Landschaft zugleich.

Für Imke klang es anders. „Mensch, Bullen!" flüsterte sie und wurde blaß.

„Quatsch, das sind bloß Rinder", beruhigte ich sie. Mein beim Bauern geschultes Auge hatte den nicht unwesentlichen Unterschied sofort erkannt.

Imke war die genaue Zuordnung der Rindviecher allerdings völlig schnuppe. Für sie war alles, was Hörner hatte, gefährlich. Da nützten auch meine Erklärungen nicht viel. Innerlich dankte ich dem Himmel für meine zweimonatige Arbeit im Rinderstall. Ohne diese Erfahrung wäre ich wohl auch einer Panik nahe gewesen. So aber fühlte ich mich völlig sicher. Vor allem, weil ich mit Mara schon beim Kühetreiben geholfen hatte und wußte, daß Rinder vor Reitern auskneifen. Und dann hatten wir ja auch noch den Hund. Timo kannte nichts Schöneres, als Vierbeiner vor sich herzutreiben, mochten das nun Pferde oder Rinder sein.

Als die neugierigen Rinder uns zu sehr auf die Pelle rückten, ritt ich mit wedelnden Armen auf sie zu. Verdutzt zogen sie sich ein Stück zurück, beäugten uns aber mit unvermindertem Interesse. Diese einfache Demonstration beruhigte Imke mehr als meine Erklärungen. Trotzdem war ihr erst wieder wohler, als wir den nächsten Zaun und damit die Tiere hinter uns hatten.

Ihr Aufatmen war allerdings nur von kurzer Dauer. Eine Weide weiter begann das gleiche Spiel von vorn. Und ausgerechnet hier saßen wir dann fest. Man konnte noch gut sehen, wo einmal das Tor gewesen war. Jetzt war es durch funkelnagelneuen, stramm gezogenen Stacheldraht ersetzt.

„Ich werde wahnsinnig!" Erbittert starrte ich den unschuldigen Draht an. „Das gibt's doch nicht! Welcher Idiot hat das denn gemacht!"

Hilflos sahen wir uns an. Zweihundert Meter weiter war der Deich zu Ende. Wir konnten den Wirtschaftsweg schon sehen, der uns weiterbringen sollte. Ich war so wütend, daß ich am liebsten geheult hätte. Wir konnten unmöglich den ganzen langen Weg zurückreiten.

„Laß uns mal den Zaun abgehen", schlug Imke vor, die in solchen Situationen besser die Nerven behält als ich. Ich explodiere immer gleich, was mir dann hinterher zwar peinlich, aber eben nicht so leicht zu ändern ist. Zum Glück fängt nach so einem Ausbruch mein Gehirn um so intensiver an zu arbeiten. Das gleicht dann vieles aus.

Wir „parkten" unsere Pferde, die umgehend zu fressen begannen, und gingen über die Deichkrone auf die andere Seite. Doch auch hier war alles zu. Erst nach längerem Suchen fanden wir eine Stelle, wo die beiden oberen Drähte alt und geflickt waren. Der untere war freilich neu und ohne „Naht".

Während Imke die Pferde holte, pulte ich die alten Drähte los und zog die Enden zur Seite. Natürlich riß ich mir die Hände auf, aber das war jetzt Nebensache. Hauptsache, wir kamen von diesem blöden Deich herunter.

Zu meiner Erleichterung fand ich ein langes Stück Holz, das ich längs über den untersten Draht legte und ihn damit so weit wie möglich herunterdrückte. Imke führte nacheinander die Pferde über dieses nicht ganz ungefährliche Hindernis. Beide meisterten die Situation völlig gelassen. Sie hatten schon Schlimmeres hinter sich gebracht.

Ist das schön, wenn alle heil, ganz und ohne Schrammen – von mir und meinen Händen einmal abgesehen – auf der anderen Seite stehen! Ich knippelte den Draht wieder zusammen, ehe die Rinder auf die Idee kommen konnten, es unseren Pferden nachzumachen und gleichfalls rüberzusteigen. Dann marschierten wir eilig auf das letzte Tor zu und standen wieder auf einer Straße.

Sogleich legte sich wieder ein Schatten über unsere Erleichterung. Wir hatten keine Ahnung, wo wir uns befanden. Die Karte half uns absolut nicht weiter. Sie stimmte schon lange nicht mehr mit der Wirklichkeit überein. Da entdeckten wir auf einem Feld eine Gruppe Leute. Ich flitzte los, um nach dem Weg zu fragen. Statt einer Antwort erntete ich nur verständnislose Blicke. Plötzlich brach ein wildes Kauderwelsch los, von dem ich kein Wort verstand. Niedergeschlagen machte ich kehrt. Ausgerechnet an Ausländer mußte ich hier in der Einöde geraten! Doch der liebe Gott verläßt seine Wanderreiter nicht. Das bestätigte sich auch jetzt. Imke spitzte die Ohren und deutete nach links.

„Du, ich höre einen Traktor."

Noch nie im Leben bin ich so froh gewesen, einem Bauern mit seinem Trecker zu begegnen. Diesmal sauste Imke über das Feld. Und sie bekam die gewünschte, heiß ersehnte Auskunft. Erleichtert zogen wir weiter. Mit etwa zweistündiger Verspätung erreichten wir die Geesthachter Brücke. Die Autofahrer staunten nicht schlecht, als wir mit unseren bepackten Pferden am rechten Rand entlangzogen. Viele winkten uns einen freundlichen Gruß zu, andere starrten, als wären wir eine Abart der kleinen grünen Männchen.

Sehr spät, fast schon im Dunkeln, erreichten wir an diesem Tag unser Quartier. Während unsere müden Pferde sich über ihr Abendfutter hermachten, richteten wir uns in einer Ecke des zur Weide gehörigen Offenstalles häuslich ein. Und obwohl draußen Gänse schnatterten und Wand an Wand mit uns Schweine in ihrer Box rumorten, dauerte es keine Minute, bis wir eingeschlafen waren.

Die nächsten Tage verliefen nicht ganz so aufregend. Das Wetter ließ zu wünschen übrig, aber da wir uns schon im Holsteinischen befanden, boten uns die Hekken und Knicks einen guten Schutz gegen den Wind. Je näher wir meiner Heimatstadt kamen, desto vertrauter wurden mir die Ortsnamen, das Gelände und schließlich die Straßen. In Gedanken war ich schon am Ziel, als wir uns noch kilometerweit davon entfernt befanden. Zuletzt war Imke von meinem „Jetzt sind wir gleich da" schon ganz genervt.

„Dein ‚gleich' kenne ich langsam", brummte sie nur noch. Dabei hätte sie mehr Verständnis für meine Vorfreude haben müssen. Wenn wir nämlich auf Verden zureiten, wo sie zu Hause ist, geht es ihr genauso.

Aber dann waren wir wirklich am Ziel. Meine früheren „Stalleltern" nahmen uns und unseren vierbeinigen Anhang so liebevoll in Empfang, als hätten sie monatelang nur auf uns gewartet. Dabei waren sie nicht einmal richtig ausgeschlafen. Am Tag vorher hatte der Sohn nämlich geheiratet! Dennoch saßen wir ganz vergnügt in der Küche, mußten abwechselnd erzählen und Kuchen essen, und durften erst nach einer kräftigen Stärkung unser eigentliches Quartier aufsuchen.

Drei Tage blieben wir in meiner alten Heimat. Ich genoß diese Zeit mit Geschwistern, Vater und Freunden – aber zurück wünschte ich mich nicht. Mein Zuhause ist jetzt mein Heidedorf.

Der Rückweg wurde dann ganz piekfein im Hänger angetreten. Unser Stallvater brachte uns in Glückstadt über die Elbe. Dort verkehrte eine Fähre, die Pferde nur im Hänger mitnimmt. Erst kurz hinter Wischhafen, wieder auf niedersächsischem Gebiet, setzten wir unseren Ritt fort. Vier Tage später waren wir daheim. Der bis dahin längste Wanderritt meines Lebens war zu Ende.

Runter kommt man immer

Die Frage ist nur: Wie? Früher habe ich mal gelernt, daß man erst dann ein richtiger Reiter wird, wenn man ein paarmal vom Pferd gefallen ist. Wenn das stimmte, müßte ich geradezu überirdisch gut reiten können. So oft wie ich in meiner Anfängerzeit unfreiwillig abgestiegen bin, habe ich bestimmt alle Rekorde gebrochen. Aber obwohl ich mir in dieser Richtung alle Mühe gab, war meine Freundin, die viel weniger runterflog, bedeutend besser als ich. Das fand ich empörend. Eine Zeitlang habe ich sogar Buch geführt über meine unfreiwilligen Trennungen vom Pferd, und erst beim dreißigsten Sturz habe ich das Mitschreiben aufgegeben.

Das erste Mal fiel ich in der dritten Reitstunde herunter, noch dazu an der Longe. Ein Lastwagen auf der Straße, ein Seitensprung meines Pferdes – schon war es passiert. Mein Reitlehrer tröstete mich, das könne ja mal vorkommen.

Als es dann immer wieder passierte, hörte er auf, mich zu trösten, und fing an zu schimpfen. Das änderte zwar auch nichts, verschaffte ihm aber zumindest Erleichterung. Unbegabte Schüler, wie ich damals, waren nicht gerade seine Lieblingskinder. Zu denen gehörte ich erst wesentlich später, als mir auch die wildesten Bocksprünge nichts mehr ausmachten. Vorerst aber fiel ich bei jeder passenden und unpassenden Gelegenheit. Es lag nicht immer nur an den Pferden. Sobald ich nämlich merkte, daß ich irgendwie ins Rutschen kam, verkrampfte ich mich, und schon lag ich unten.

Unser Reitplatz teilte sich in zwei unterschiedlich große Stücke, die durch eine Tannenhecke getrennt waren. Der kleinere Teil diente als Viereck für die Abteilung, der größere, eine recht weite Wiese, wurde als Galoppstrecke für die Fortgeschrittenen benutzt. Diese Wiese auf meinem Lieblingspferd Anika zu umrunden war damals mein größter Wunsch.

Eines Tages war es dann soweit. Ich erhielt die ersehnte Erlaubnis, meinen ersten „großen" Galopp zu reiten.

„Paß aber auf", warnte mein Reitlehrer. „Du reitest einmal herum, an der Hecke entlang und kommst dann wieder hierher. Ist das klar?"

Ich nickte. Klar wie dicke Tinte. Ich hätte etwas weniger optimistisch sein sollen. Meine heißgeliebte Anika hatte nämlich so ihre eigenen Vorstellungen von der Sache. Anfangs klappte alles großartig. Anika brauchte zwar eine Weile, bis sie sich zu einem Galopp bequemte, aber dann fand sie Spaß am Laufen. Es war wunderschön und gleichzeitig ein bißchen unheimlich. So schnell war ich vorher nie geritten.

Das „Wunder" endete an der Hecke. Die Stute sah überhaupt nicht ein, warum sie an der Hecke entlanglaufen sollte, statt gleich zu ihren Freunden auf dem kleinen Platz zu gehen. Das Dumme war nur, daß ich mich schon in die Kurve gelegt hatte. So nahm ich sie allein.

Als ich mich verdattert wieder aufgerappelt hatte, stand Anika schon lange auf dem Reitplatz, wo eine hilfreiche Seele sie eingefangen hatte. Grollend saß ich wieder auf. Mit mir nicht, meine Liebe! Mit dir doch! schien Anika zu denken und vollbrachte dasselbe Kunststück ein zweites Mal. Wieder saß ich im Dreck. Oh, war ich wütend auf meinen Liebling! Die anderen Reitschüler grinsten bereits wie die Honigkuchenpferde, als ich zum dritten Versuch antrat. Diesmal war ich auf Anikas Manöver vorbereitet. Es nützte nichts! Wieder kamen wir getrennt auf dem Reitplatz an. Anika im Galopp, ich zu Fuß, beleidigt und bedeutend langsamer hinterher.

„Mensch, reite doch das letzte Stück im Trab, dann kriegst du sie auch rum", riet mir ein mitfühlender Reitschüler. Der Rat war gut. Diesmal kamen wir da an, wo ich wollte. Aber die rechte Befriedigung wollte sich nicht einstellen. Zu eindeutig war meine Niederlage gewesen. Anika war mir über.

Ich bin auch später noch oft genug vom Pferd geflogen – was ich damals für ganz normal hielt –, aber niemals mehr bin ich von einem Pferd mit solcher Konsequenz in den Sand gesetzt worden. Dreimal hintereinander – und immer an derselben Stelle.

Erstaunlicherweise bin ich später von Winnie kaum jemals heruntergefallen, auch in ihrer schlimmsten Zeit nicht. Das damalige Training hatte eben auch seine Vorteile gehabt. Obwohl ich aus heutiger Sicht sagen muß, daß es kaum etwas Überflüssigeres für einen Anfänger gibt, als vom Pferd zu fallen. Häufige Stürze sind eigentlich immer ein Zeichen für mangelhaft ausgebildete Pferde – was auf unsere damaligen durchaus zutraf – und einen unpädagogisch aufgebauten Reitunterricht; auch das traf zu. Wer Anfänger geschickt und geduldig ans Pferd heranbringt, wird immer versuchen, Unfälle jeder Art zu vermeiden. Je größer das Vertrauen ins Pferd ist, desto schneller wird ein Anfänger lernen.

Lindy, die ich selber aufgezogen und eingeritten habe, hat mich nie absichtlich in Schwierigkeiten gebracht. Aber einmal hat sie mich trotzdem „verloren". Ich wohnte schon in Ahlden und ritt gern und häufig mit meinen Reitschülern, die die Pferde der Bauern zur Verfügung hatten, ins Gelände. Eine meiner liebsten Begleiterinnen war Claudia mit dem Schimmel Sioux.

Anfangs war der Wallach alles andere als eine reine Freude gewesen, aber mit der Zeit hatten wir seinen schlimmsten Fehler – nämlich unkontrolliert loszurasen – in den Griff bekommen. Mit Lindy zusammen ging er jetzt prima.

Wir ritten im Schritt einen unserer Lieblingswege entlang, unterhielten uns und dachten an nichts Böses. Plötzlich machte es bums! – und ich saß auf einem Holzstoß ohne eine Ahnung, wie ich da hingekommen war. Ich wußte nur, daß ich empfindlich hart aufgekommen war. Lindy war nur noch von hinten zu sehen. Mit Volldampf rannte sie Richtung Heimat.

Claudia, die ihr Pferd zum Glück hatte halten können, grinste über beide Ohren. Ich war wohl ein sehr erheiternder Anblick, wie ich da so verdutzt saß. Benommen rappelte ich mich auf und rief erst mal ohne viel Hoffnung nach meinem Pferd. Innerlich hatte ich mich schon auf den zwei Kilometer langen Fußmarsch nach Hause eingerichtet. Zum Glück lagen keine Straßen auf dem Weg. Lindy konnte ungefährdet zur Weide laufen.

Daß sie es *nicht* tat, war ein mittleres Wunder. Was ich am wenigsten erwartet hatte, geschah: Sie reagierte auf meine Stimme. Vielleicht hatte sie auch gemerkt, daß ihr Freund Sioux zurückgeblieben und sie plötzlich allein auf weiter Flur war. Aber ob Stimme oder Freund: Lindy bremste, drehte sich um – und kam genauso schnell zurückgaloppiert, wie sie davongestürmt war. Es war eine Szene wie in einem Western. Vor mir rammte sie alle vier Beine in den Boden und erkundigte sich höflich, warum ich denn abgestiegen wäre.

Eine Minute später saß ich wieder im Sattel, und unser Ausritt ging weiter, als hätte es nie eine Unterbrechung gegeben.

Lindy lernt springen

Es gibt einen bekannten Spruch: Man kann alt werden wie 'ne Kuh und lernt immer noch dazu.

Nun werden Kühe gar nicht so besonders alt, aber lernen kann man ja trotzdem. Langjährige Erfahrung schützt nicht vor neuen Erkenntnissen. Bei mir war es das Springen, das nach mehr als fünfzehn Jahren plötzlich ganz anders aussah.

Gesprungen war ich immer, wenn auch nicht sehr oft und schon gar nicht regelmäßig. Anfangs waren es nur kleine Cavaletti, die wir im Reitunterricht überwinden mußten. Mein Liebling Anika war da sehr geschickt – im Vorbeilaufen! Die Stute konnte hervorragend springen, aber nur, wenn sie gerade Lust hatte. Oder wenn es der Reiter ernst meinte. Da sprang sie dann mit Leichtigkeit einszwanzig.

Aber wehe, der Reiter hatte Angst. Wer einen Sprung zaghaft antritt, hatte keine Chance, Anika drüberzubringen. Die Höhe des Sprunges spielte dabei keine Rolle. Ein Cavaletti von vierzig Zentimetern konnte

Anika genauso hartnäckig verweigern wie einen Sprung von einem Meter Höhe. Die Stute war ein Meister im unvermuteten Stehenbleiben, Ausbrechen und Umkehren und machte mit ängstlichen Reitern kurzen Prozeß.

Ich konnte damals am besten springen, wenn ich gleich am Anfang runterflog. Da packte mich dann die Wut, ich vergaß meine weichen Knie und ritt beim nächsten Versuch nach dem Motto „Augen zu und drauf" wild entschlossen an. Worauf Anika artig sprang.

Winnie war es dann, die mir das Springen für lange Zeit ganz abgewöhnte. Ein paar Versuche verliefen derart chaotisch, daß ich auf weitere Proben ihres Könnens bereitwillig verzichtete. Winnie hatte beim Springen nämlich noch mehr Angst als ich, und sie sprang nach demselben Motto: Augen zu und drauf! Was dabei herauskam, kann man sich vorstellen.

In einem Affenzahn fegte sie über das Hindernis – nur über einzelne, Kombinationen sprang sie unter dem Reiter gar nicht –, wenn sie sich einmal zum Springen entschlossen hatte, was meistens recht plötzlich geschah. Solange hinter dem Sprung hundert Meter freies Gelände war, ging es noch an. In der Halle wurde die Springerei mit ihr lebensgefährlich. Daß ich es trotzdem einige Male versuchte, lag einfach daran, daß alle Welt mir zuredete, es zu tun. Winnie sprang nämlich bei allem Tempo in einem so bildschönen Stil, daß der ganze Stall mich darum beneidete. Beim Freispringen wurde das besonders deutlich. Winnie taxierte so genau, daß sie bis ein Meter zehn – höher ließ ich sie nicht mitspringen – so gut wie nie eine Stange riß. Wie eine Feder flog sie über die Sprünge und landete mit der Geschmeidigkeit einer Katze.

Aber, wie gesagt, das Tempo! Ich bekam schon zittrige Knie, wenn ich nur daran dachte, und nachdem ich mich einmal mit Winnie zusammen auf die Klappe gelegt hatte, war endgültig Schluß. Sie hatte ihre Ruhe, und ich behielt meine heilen Knochen.

Erst mit Lindy nahm ich einen neuen Anlauf. Bereitwillig tat sie alles, was sie sollte. Aber da ich immer noch an wackeligen Knien litt, ritt ich weiterhin nach dem altbewährten Motto. Was heißt, daß Lindy und ich zwar zusammen Hindernisse überwanden, mein Pferd aber nie eine gescheite Springausbildung bekam. Ich konnte ihr nichts anderes beibringen als das, was ich bis dahin praktiziert hatte.

Alles in allem klappte es trotzdem ganz gut. Wir nahmen sogar an einigen kleineren Jagden teil, bei denen sich Lindy tadellos benahm und alle Sprünge, die ich ihr anbot, bereitwillig sprang. Viele waren es nicht. Zu Hause hatte ich einige Sprünge zusammengebastelt, die sehr hübsch aussahen. Damit hatte es sich. Ich schaute sie zwar von Zeit zu Zeit verlangend an, aber mein innerer Schweinehund war meist stärker. Es blieb beim Anschauen.

Tja, und dann wurde ganz plötzlich alles anders. Es

begann damit, daß ich von einem Springkurs für Anfänger las, in dem *jedermann* die Grundlagen lernen konnte. War ich jedermann? Zumindest fühlte ich mich angesprochen. Also holte ich tief Luft und meldete mich mit Lindy an. Die Würfel waren gefallen, ein Zurück kam nicht in Frage.

Ein paar Wochen später landeten wir nach vierstündiger Hängerfahrt in Reken in Westfalen, wo der besagte Kurs stattfinden sollte. Ich kannte die Anlage und die Lehrer von anderen Besuchen und Kursen her und fühlte mich gleich wieder zu Hause. Für Lindy war dagegen alles neu. Aber sie reagierte ganz gelassen, schaute sich über den Zaun hinweg die anderen Pferde an, beobachtete die Menschen, die durch den Auslauf gingen, und nahm ab und zu ein Maul voll Heu. Ich hatte mit Theater gerechnet und war entzückt von ihrer Ruhe – bis zum nächsten Tag!

Der Kurs begann mit einem Gespräch, in dem alle Teilnehmer von ihren Nöten berichten durften, ohne ausgelacht zu werden. Jedes Problem wird dort ernstgenommen, auch solche, die vielleicht zum Schmunzeln verleiten. Diese entspannte Atmosphäre ist es, neben dem wirklich guten Unterricht, die „alte" Kursteilnehmer immer wieder hierher zurücktreibt.

Dann wurde es ernst. Nach ein paar „Trockenübungen" wurden die Pferde gesattelt. Zunächst im Schritt, später im Trab mußten wir den gerade geübten Springsitz einnehmen und im Viereck durcheinanderreiten.

Ach, fand mein Pferd das lustig! So eine tolle Reitbahn, wo es nach allen Seiten etwas zu gucken gab, hatten wir zu Hause nicht. Lindy war so beschäftigt, all das Neue zu bestaunen, daß sie mich gar nicht zur Kenntnis nahm. Mit dem Kopf hing sie über der Bande und schaute überall hin – nur nicht auf das, was vor ihren Füßen war.

So stolperten wir die ersten Male mehr schlecht als recht über die ausgelegten Stangen, über die alle anderen Pferde brav im Schritt gingen. Im Trab wurde es nicht besser, die Guckerei ging offenbar allem anderen vor. Ich war schon ganz sauer. Jochen, unser Lehrer, feixte – bei mir konnte er sich das leisten –, behielt aber die Ruhe. Er murmelte etwas von „erster Tag" und „alles fremd" und ärgerte sich nicht ein bißchen über mein Chaotenpferd.

Denn genau das war Lindy an diesem Tag. Als wir galoppieren sollten, flitzte sie in einem Tempo im Viereck herum, daß ich an alte Zeiten mit ihrer Mutter erinnert wurde. Über die ausgelegten Stangen sprang sie, anstatt zu traben, und die Cavalettis nahm sie, als hätte sie Sprünge von mindestens einem Meter vor sich. Es war eine klassische Vorführung, wie es *nicht* sein sollte.

Ein bißchen bedeppert sattelte ich Lindy nach dieser ersten Unterrichtsstunde ab. So hatte ich mir die Sache eigentlich nicht vorgestellt. Herumrasen konnten wir schließlich auch zu Hause.

Aber schon der nächste Tag entschädigte mich für alles! Es war, als hätte Lindy nun das Neue als bekannt abgehakt. Sie war aufmerksam, bereitwillig und an allem interessiert, was sich nun *in* der Bahn abspielte. Endlich erkannte ich mein Pferd wieder.

Und damit war alles gelaufen. Je besser Lindy sich konzentrierte, desto besser konnte ich Jochens Anweisungen befolgen. Je genauer ich sie befolgte, desto besser klappte das Stangentreten und Cavalettispringen. Lindys Trab wurde taktmäßiger, der Galopp rhythmischer. Jetzt konnte ich sie auch an kleine Sprünge *heranreiten*, ohne daß sie sich in ein Feuerwehrauto im Einsatz verwandelte. Plötzlich war für mich ein Sprung keine unheimliche Sache mehr, sondern etwas Selbstverständliches.

Meine Knie hörten auf zu zittern, meine Magennerven beruhigten sich. Ich hatte jetzt noch im Anreiten Zeit, meinen Sitz zu kontrollieren und nötigenfalls zu korrigieren, ich gab während des Sprunges genügend nach und saß hinterher nicht „auf halb acht" wie früher. Sogar Kombinationen – von Winnies Zeiten her noch Alpträume hervorrufende Hindernisse – verloren ihre Schrecken. Kleine „in-outs" machten Lindy nicht die Bohne aus. Im Gegenteil, sie sprang sie sehr geschickt und lernte, ihr Tempo zu mäßigen, ohne daß sie von mir eine Korrektur bekam.

Überhaupt war der ganze Kurs so aufgebaut, daß die Pferde lernten, selbständig zu springen. Alles, was wir tun mußten, war hervorragend durchdacht. Und wehe, wir versuchten, „mit den Händen" zu reiten! Da gab es sofort strafende Worte für uns Zweibeiner. Mit den Pferden wurde nie geschimpft. Sie wurden immer nur gelobt und belohnt, wenn sie etwas gut gemacht hatten. Und genau das war das Wesentliche an diesem Kurs. Schon nach ganz wenigen Stunden sprangen die Pferde nicht mehr, weil ihnen nichts anderes übrigblieb – sie sprangen, weil die Sache Spaß machte und weil es feine Belohnungen gab.

Vollgestopft mit neuem Wissen und guten Ideen kam ich wieder nach Hause, wo ich umgehend daran ging, neue Hindernisse zu bauen. Die alten waren im Laufe der Jahre Wind und Wetter zum Opfer gefallen. Jetzt steht meine Reitwiese wieder voller Stangen, Tonnen, Reifen und Kunststoffkanister. Aber im Gegensatz zu früher sehen meine Hindernisse nicht nur hübsch und bunt aus – sie werden auch gesprungen. Lindy wird schon munter, wenn ich nur die Bügel kürzer schnalle. Sie weiß genau, was dann kommt, und ist voll bei der Sache. Und ich? Nun, ich habe seit dem wundervollen Kurs noch keinen Sprung – innerlich – verweigert. Mein „Schweinehund" scheint endgültig verstummt zu sein, jedenfalls hat er sich bis jetzt noch nicht wieder gemeldet.

Ein denkwürdiger Auftritt

Eigentlich habe ich mit Turnieren nicht allzuviel im Sinn. Ich finde Prüfungen, die sich über Stunden hinziehen, zum Sterben langweilig. Aber manchmal juckt es mich doch mitzumachen. Die Prüfung muß nur interessant genug sein.

Einmal war in einem Nachbarverein auf einem Turnier ein Paarreiten in Kostümen ausgeschrieben. Was man reiten wollte, konnte man selbst entscheiden, die Aufgabe durfte nur nicht länger als vier Minuten dauern. Fürs Verkleiden hatte ich schon immer etwas übrig. Und da das Turnier genau in die Ferienzeit fiel, die meine Nichte Susanne bei mir verleben würde, meldete ich uns kurz entschlossen mit Mara und Rebell an. Natürlich war das Ganze eine Schnapsidee! Mara war erst kurze Zeit bei mir und hatte in ihrem ganzen Leben noch keine Reitbahn von innen gesehen. Rebell dagegen war ein mit allen Wassern gewaschenes ehemaliges Turnierpony. Sie paßten zusammen wie die Faust aufs Auge, nämlich gar nicht.

Das heißt, *optisch* paßten sie auf den ersten Blick schon zueinander. Fast gleich in Größe, Breite und Farbe, Mara mit dem zweifarbigen Schweif und der gleichfarbigen Mähne, der Dicke blond wie alle Haflinger, obwohl er ja genaugenommen nur ein halber war, sahen sie prächtig nebeneinander aus. Aber damit waren die passenden „Elemente" auch schon erschöpft.

Rebell war noch immer – wenn er gerade wollte – ein Pferd, das sich mit Leichtigkeit versammelte und bei aller Schwere schöne Gänge zeigte. Mara dagegen war ein Trampeltier, das mit vorgerecktem Hals und ohne jede Biegung durch die Ecken steuerte.

Wir waren uns von vornherein darüber im klaren, daß wir nur Eindruck schinden konnten, wenn wir der Sache einen komischen Anstrich gaben. Also suchten wir erst einmal nach einem passenden Kostüm. Schließlich verfielen wir auf die Idee, uns als „Strandreiter" zu präsentieren: in abgeschnittenen, ausgefransten Jeans und T-Sirts, auf sattellosen Pferden, die nackten Füße in Sandalen, Sonnenhüte auf den Köpfen. Die Pferde behängten wir mit Handtüchern und Klammern, wo immer sie sich nur anbringen ließen.

So ritten wir nach ein paar lustigen Übungstagen fröhlich die sieben Kilometer zum Turnierplatz. Das heißt, für den Weg hatten wir Sättel genommen. Ein ganz großer Held bin ich im Ohne-Sattel-Reiten nicht. Und Mara war zu dem damaligen Zeitpunkt alles andere als bequem, weil sie so steif war.

Unterwegs wurden wir gehörig angestaunt. Damit hatten wir natürlich gerechnet und grinsten fröhlich zurück. Auch um freche Antworten bin ich nie verlegen, so daß ich keine schuldig blieb, wenn wir angepflaumt wurden. In bester Stimmung kamen wir an unserem Ziel an.

Neun oder zehn Paare hatten sich für diese Prüfung gemeldet. Darunter Reiter, die auch an anderen Dressurprüfungen teilnahmen. Aber es machte uns nichts aus, daß wir so gut wie keine Chance auf einen Preis hatten. Der Spaß war uns die Sache wert.

Unsere Vorführung war ein einziges Chaos. Dennoch bekamen wir einen tollen Applaus. Die Zuschauer bogen sich vor Lachen und nahmen uns als das, was wir sein wollten: komisch. Wir hatten uns die Aufgabe zu Hause in aller Eile zusammengeschustert, denn Susannne war erst wenige Tage vor dem Turnier angekommen. Immerin beherrschten wir sie so weit, daß wir uns während der Prüfung verständigen konnten und die Aufgabe gemeinsam beendeten. Zwischendurch war die Einigkeit nicht immer so ganz gegeben.

Rebell zeigte sich von seiner besten Seite, ging tief in die Ecken und bog sich wunderschön – Mara stampfte daher wie eine kleine Walze. Nicht nur die Zuschauer, auch die Richter grinsten. Als wir zum Abschluß von links und rechts auf die Mittellinie einbogen, bekam Mara die Kurve nicht ganz. Mit einem hörbaren Rums stießen die Pferde zusammen. Das Vergnügen der Zuschauer stieg noch. Auch daß ich unterwegs einmal kräftig aufquietschte, weil ich ins Rutschen kam, wurde freudig honoriert. Mit dem Beifall konnten wir hoch zufrieden sein.

Susanne schüttelte nach beendeter Prüfung nur noch den Kopf. „Du hast vielleicht Pferde!" stellte sie grinsend fest. Aber gefallen hatte es ihr genauso wie mir. Wir hatten in jedem Fall Abwechslung in die Sache gebracht.

Am Ende landeten wir auf dem vierten Platz. Was vor allem daran lag, daß nur vier von den gemeldeten neun Paaren gestartet waren. Wahrscheinlich hatte unsere Vorstellung ihnen den Mut geraubt. Bei der Ehrenrunde drehte dann der Dicke plötzlich voll auf. Buckelnd und quietschend fegte er mit Susanne über den Platz. Mara hinterher. Zum Glück hatten wir unsere Sättel wieder, sonst hätte ich meine Darbietung an diesem Tag noch mit einem „Abgang" gekrönt. Und man soll ja nicht übertreiben!

Abschied von Mara

Mit Mara, meiner gemütlichen Norwegerstute, erlebte ich viele heitere Stunden, wundervolle Ritte und unzählige kleine Abenteuer – und ich erlebte mit ihr die bisher traurigsten Stunden meines Reiterlebens. Mara war das erste Pferd, von dem ich mich trennen mußte.

Wenn man sich ein Pferd anschafft, denkt man gewöhnlich nicht an das Ende, das eines Tages unvermeidlich kommt. Und wenn solch trübe Gedanken doch einmal auftauchen, schiebt man sie meist ganz schnell in den hintersten Winkel seines Bewußtseins.

Auch ich hatte mich immer mehr mit dem Leben als mit dem Ende meiner Pferde beschäftigt. Zwar tauchte im Freundeskreis von Zeit zu Zeit die Frage auf: Was würdest du machen, wenn... Aber das waren rein theoretische Überlegungen, die mit *meinen* Pferden nicht wirklich etwas zu tun hatten.

Pferde können dreißig Jahre und sogar noch älter werden, und meine waren auf dem besten Weg dahin. Winnie und Rebell waren schon jenseits der zwanzig,

Mara siebzehn, und Lindy hatte die Zehn schon übersprungen. Dabei waren sie allesamt so gesund und munter, wie ich es mir nur wünschen konnte. „Sterben" und „Tod", das waren Worte, die auf meine Pferde noch lange, lange nicht zutreffen würden.

Bis dann eines Tages und völlig unerwartet meine Mara im Auslauf herumstand und sich nicht mehr bewegen mochte. Ihre Schmerzen waren so offensichtlich, daß ich sofort den Tierarzt holte. Er stellte eine akute Hufrehe fest und versetzte mir mit seiner Diagnose einen gehörigen Schock.

Die Hufrehe ist eine Entzündung der Huflederhaut, die für ein Pferd mit unerträglichen Schmerzen verbunden ist und bis zur Verformung der Hufe führen kann, wenn nichts unternommen wird. Über die richtige Behandlung streiten sich die Gelehrten bis heute. Die Ursachen aber sind bekannt, und das war mit ein Grund für meinen Schrecken.

Hufrehe entsteht durch übermäßige Belastung (das *konnte* es bei Mara nicht sein) oder durch Eiweißüberfütterung wie zuviel Hafer oder zuviel junges Gras im frühen Frühjahr. Wir hatten Mai. Das Gras *war* jung, aber Mara kam, wie alle anderen Pferde auch, lediglich für sechs Stunden am Tag auf die Weide. Hafer bekam sie überhaupt nicht. Konnte sie bei dieser Ernährung einen Eiweißschock bekommen?

Der Tierarzt zuckte die Achseln, riet mir, *noch* vorsichtiger zu füttern, und verabschiedete sich, nachdem er Mara Blut abgenommen und dicke Verbände um die schmerzenden Vorderhufe gelegt hatte, die ich täglich mit einer Spezialbehandlung begießen und feucht halten, eventuell auch erneuern sollte.

Während der nächsten Tage, in denen ich Mara pflegte und verwöhnte – ich hatte sie von den anderen getrennt und gab ihr nur ein bißchen Heu und Stroh zur Beschäftigung –, grübelte ich über ihren Fall nach. Man sagt, dicke Pferde wären besonders anfällig für die Hufrehe. Aber warum hatte sie dann diese Krankheit nicht schon früher bekommen? Jahrelang war sie viel zu fett durch die Gegend gewalzt, und nie hatte es das leiseste Anzeichen einer Erkrankung gegeben. Jetzt war sie trainiert, schlank und sah so gut aus wie nie zuvor. Und ausgerechnet jetzt hatte es sie erwischt. Es war zum Verrücktwerden!

Doch dank Tierarzt und Hufschmied, der Mara einen speziellen Beschlag verpaßte, war meine Stute bald wieder auf den Beinen. Ein paar Tage ging sie noch sehr vorsichtig und zögernd, dann kam wieder Leben in sie.

Als ich Mara zum erstenmal wieder durch den Auslauf traben sah, war ich vor lauter Erleichterung fast am Heulen. Das war noch mal gutgegangen! Sobald Mara wieder normal lief, war ihre Krankheit vergessen. Nur ihr Beschlag erinnerte noch an den ausgestandenen Schrecken. Ansonsten war sie so munter wie eh und je, freute sich, wenn ich sie zum Reiten holte, und ging, als hätte es nie eine Krankheit gegeben.

Ein halbes Jahr verging in ungetrübter Freude. Dann kam der November. Meine Pferde waren noch ausschließlich auf Weide, das heißt, sie bekamen keinerlei Zufutter. Wie eine Pferdeweide zu dieser Jahreszeit aussieht, dürfte weitgehend bekannt sein: kurzes, trockenes Gras, das kaum noch etwas hergibt und gerade ausreicht, um den Grundbedarf zu decken. Und ausgerechnet jetzt erlitt Mara einen Rückfall! Wieder stand sie stocksteif im Auslauf, wieder holte ich den Tierarzt. Doch diesmal schüttelte er von Anfang an bedenklich den Kopf. Der Schmied sah nicht fröhlicher drein. Beide waren sich einig: Wenn ein Pferd sogar unter diesen Umständen eine Hufrehe bekäme, sei es unwahrscheinlich, daß man die Krankheit je ganz ausheilen könne. Die Anfälligkeit würde bleiben. Dazu käme das Alter der Stute... Man *könne* zwar etwas tun, aber die nächsten Monate wären mit Sicherheit für das Pferd mit großen Schmerzen verbunden.

Die nächsten Monate – das war der bevorstehende Winter! Ich dankte den beiden Herren für ihre Bemühungen und ihre ehrlichen Worte. Die Entscheidung konnten sie mir nicht abnehmen, die mußte ich allein treffen. Maras Leben lag – im wahrsten Sinne des Wortes – in meiner Hand.

Die beiden nächsten Tage waren schlimm. Was war richtig? Sollte ich Mara weiterbehandeln lassen? Durfte, konnte, *wollte* ich sie von ihren Schmerzen erlösen lassen? Einschläfern. Das Wort bekam einen völlig neuen

Sinn für mich, wenn ich Maras mühsame, winzige, unendlich lange dauernde Schritte sah. Sie war sanft und geduldig wie immer, nahm das Brot, das ich ihr brachte – und litt.

Abends im Bett heulte ich, heulte und heulte. In unseren Diskussionen war immer alles ganz einfach gewesen: Wenn es nicht mehr geht, muß man eben Schluß machen. Ach, Diskussionen, Reden! Sie hatten mit der Wirklichkeit so wenig zu tun. Ich klammerte mich an jeden Strohhalm, jedes kleinste Zeichen einer möglichen Besserung. Hatte sie sich nicht doch ein bißchen schneller bewegt als gestern? War sie nicht doch ein wenig munterer?

Aber lange hielt ich diese Selbsttäuschung nicht aus. Zu sichtbar waren Maras Schmerzen. In Stunden bewegte sie sich um wenige Meter vorwärts. Wenn sie lag, kam sie nur unter unendlichen Mühen und mit vielen Anläufen wieder auf die Beine. Von einem Tag zum anderen wurde sie dünner, obwohl ich ihr das Heu direkt vor die Füße legte.

Am Abend des zweiten Tages rief ich den Notschlachter an. Ich kenne ihn gut, weil wir im selben Verein sind. Vor langer Zeit hatte er mir mal versprochen, zur Weide zu kommen, wenn...

Nun war dieser Fall eingetreten – und er hielt sein Wort. Am nächsten Vormittag wartete ich bei Mara auf ihrer separaten Weide auf ihn. Noch jetzt hätte ich am liebsten einen Rückzieher gemacht, aber ein Blick auf meine fast bewegungsunfähige Stute belehrte mich eines Besseren.

Endlich kam er. Das Weidetor hatte ich offengelassen, so daß er mit dem Wagen dicht heranfahren konnte. Die letzten Meter ging er zu Fuß, das Bolzenschußgerät unter dem Arm, um Mara nicht unnötig aufzuregen. „Sie wird nichts merken", versprach er tröstend.

Es ging alles ganz schnell. Mara, die noch nie vor einem Menschen Angst gezeigt hatte, egal was dieser tat oder trug, kaute ruhig die Grashalme, die ich ihr gerupft hatte, als der Schuß fiel. Sie machte einen Satz vorwärts und brach zusammen. Tot. Sie konnte nichts gespürt haben.

Ich drehte mich auf dem Absatz um und ging weg. Den Abtransport wollte ich nicht sehen.

Die anderen Pferde hatten bei dem dumpfen Knall nicht einmal die Köpfe gehoben. Emsig rupften sie das kurze, harte Gras, das die magere Weide ihnen noch bot. Ihr Anblick half mir innerlich wieder auf die Beine. Es gab ja, wie immer, zu tun.

Die letzten Tage und Nächte hatten mich regelrecht ausgelaugt. Jetzt, da der endgültige Schlußstrich gezogen war, fühlte ich mich fast erleichtert. Der Kummer und die Trauer kamen mir erst viel später zu Bewußtsein und damit noch einmal die Frage, ob ich es wirklich richtig gemacht hatte. Aber das wird wohl niemand endgültig beantworten können. Ich kann nur hoffen, daß ich die richtige Entscheidung getroffen habe.

Aber eins habe ich bestimmt richtig gemacht: daß ich mein Pferd zu Hause, in der vertrauten Umgebung, in Sichtweite der Herde, auf der gewohnten Weide und in meiner Gegenwart habe einschläfern lassen. Der Gedanke hilft über vieles hinweg.

Und noch etwas half mit: die anderen Pferde – die eigenen wie die fremden. Kurz vor Maras Tod war ein neues Pony in die Herde gekommen, und ein paar Tage später kam ein weiteres dazu. Es war genau die richtige Ablenkung für mich.

Ein Herrscher dankt ab

Der erste Neuzugang war Gandalf, ein guter alter Bekannter von mir.

Gandalf ist ein Pony unbekannter Herkunft. Im Sommer ist er ein schickes kleines Pferd mit goldfarbenem Fell und hellem Langhaar. Im Winter erinnert er an eine schmuddelige Fellrolle. Er hat dann etwa die Farbe von Rebell, dem er auch sonst nicht unähnlich ist: pfiffig, durchtrieben, selbstbewußt und dabei ein guter Kumpel.

Seine „Familie" hatte ihn auf einem Pferdemarkt in der Nähe erstanden. Es war Liebe auf den ersten Blick gewesen, und sie kaufte ihn, wie nur absolute Laien ein Pferd kaufen können, ohne jede Sachkenntnis, voll Vertrauen in die spontane Wahl. Olinka, seine eigentliche Besitzerin, erlebte zahlreiche Abenteuer mit dem frechen Kerl, ehe er sie im Sattel akzeptierte. Dann aber waren die beiden ein unzertrennliches Gespann, das sich prächtig verstand, auch wenn es nicht immer danach aussah, und das sich gegenseitig nichts übelnahm.

Nun hatte Olinka eine Ausbildung in Hannover angefangen, mußte morgens früh raus und kam erst am Abend nach Hause. Für Gandalf, der bei einem Bauern stand, blieb nur noch wenig Zeit. Zu wenig, um ein gutes Gewissen zu haben. Im Sommer ging es noch. Da war er mit den großen Pferden draußen, fraß sich einen Tonnenbauch an und genoß sein faules Leben. Doch zum Winter sah die Sache anders aus. Da war es vorbei mit der Freiheit, der Stall wartete – und damit die Langeweile.

So kam Gandalf zu mir. Für ausreichend freie Bewegung war durch die Offenstallhaltung gesorgt, und über mangelnde Abwechslung konnte er sich bei meinen Pferden auch nicht beklagen. Am 14. November holten wir ihn herüber. Olinka lag mit einer Grippe im Bett, und so übernam es ihre Mutter, Gandalf zu meiner Weide zu führen. Wir mußten dabei an seinem gewohnten Stall vorbei, und mir schwante nichts Gutes. Ich kannte den schlauen Burschen schließlich lange genug.

Aber wieder einmal passierte das Gegenteil von dem, was wir erwartet hatten. Statt an der Hofeinfahrt stehenzubleiben, zog Gandalf so rasch wie möglich daran vorbei. Ganz offensichtlich hatte er „null Bock" auf seine Box. Je näher wir meiner Weide kamen, die er von zahlreichen Reitstunden her gut kannte, desto mehr beschleunigte er seine Schritte, bog ganz selbstverständlich in den richtigen Weg ein, ging ohne zu zögern durchs offene Tor und sauste, kaum freigelassen, wie ein

Wilder zu meinen Pferden. Daß auf seinem Weg ein Elektrozaun gespannt war, nahm er überhaupt nicht zur Kenntnis. Zwei Minuten nach seiner Ankunft war die erste Reparatur fällig!

Bei der Begrüßung der Pferde gab es das gewohnte Bild: Quietschen, Keilen, Schnobern und wieder Quietschen. Sorgen machte ich mir ausnahmsweise mal keine. Gandalf und meine Pferde kannten sich von unzähligen gemeinsamen Reitstunden, Ausritten und Kursen her. Er war sozusagen ein entfernter Verwandter, den man zwar länger nicht gesehen, aber deshalb noch lange nicht vergessen hatte. Entsprechend rasch war er in die bestehende Herde als dazugehörig aufgenommen und hatte bald seinen Platz gefunden. Zu den Stuten hielt er noch ein paar Tage einen respektvollen Abstand, aber mit Rebell und vor allem mit Flakkeri verstand er sich vom ersten Augenblick an glänzend.

Die beiden Kleinen paßten aber auch zusammen wie Topf und Deckel. Sie waren auf den Zentimeter genau gleich groß, beide stämmig, vom Sommer her noch mit einem kleinen Grasbauch gesegnet – und beide zeigten die gleiche Spiellust in den pfiffigen Augen. Zwei Lausejungen hatten sich gesucht und gefunden.

Rebell sah den Tobereien der beiden meist gelassen zu. Vielleicht war er froh, daß er sich nun nicht mehr gegen Flakkeris Spieleifer wehren mußte, der ihm oft recht lästig gewesen war. Jedenfalls hatte er von Gandalfs Ankunft an seine Ruhe. Aber als ich einmal fast traurig sagte: „Ich glaube, der Dicke wird alt", bewies er mir auf der Stelle das Gegenteil.

An der bestehenden Rangordnung wagte Gandalf nicht zu rütteln. Er teilte sich nach Maras Tod mit Flakkeri den letzten Platz. Rebell stand nach wie vor unangefochten an der Spitze.

Etwa einen Monat später kam Hördur (ich schreibe ihn, wie wir seinen isländischen Namen aussprechen), Islandpferd Nummer zwei. Und schon ging es rund. Als erstes „beschlagnahmte" er Lindy. Dann stürzte er sich eifersüchtig auf meinen Dicken – und erlitt eine Abfuhr, die sich gewaschen hatte! Rebell schmetterte ihm die Hinterbeine um die Ohren – und nicht nur um die Ohren! –, daß der Neue sich verdattert zurückzog. Ich rieb mir heimlich die Hände. Hatte mein Alter doch mal wieder bewiesen, daß er seine Position behaupten konnte.

Aber mein Triumph war nur von kurzer Dauer. Ein paar Tage später hatte sich das Blatt gewendet. Der Jüngere hatte den Machtkampf für sich entschieden. Rebell war an die zweite Stelle abgerutscht. Als ich dahinterkam, war ich erst mal richtiggehend sauer auf den Neuen. Zumal ich feststellen mußte, daß Hördur es den Dicken immer wieder spüren ließ, daß der verloren hatte.

Doch ehe ich mich in meinen Zorn über den „mißratenen" Neuling hineinsteigern konnte, siegte zum Glück meine Vernunft. Was hier geschah, war ja etwas ganz Natürliches, eine Wachablösung, wie sie in jeder freilebenden Herde vorkommt. Kein Hengst ist vor einem Nebenbuhler sicher, und wenn dieser jünger und stärker ist, gibt es eben einen Wechsel an der Spitze. So ist das Pferdeleben.

Also verzieh ich Hördur großmütig, daß er meinen Alten untergebuttert hatte. Aber ich konnte nicht umhin, die beiden miteinander zu vergleichen. Rebell war immer ein milder Herrscher gewesen, der kaum jemals hand- bzw. fußgreiflich wurde. Hördur dagegen zeigte bei jeder Gelegenheit, daß er das Kommando übernommen hatte. Das wurde besonders deutlich, wenn es ums Fressen ging. Mehr als einmal war alles in wilder Flucht vor dem neuen Chef, wenn ich mit dem Futtereimer anrückte.

Zwei Tage stritt *ich* mich mit Hördur, dann hatte er eingesehen, daß ich noch ein Stück über ihm stand. Von da ab verstanden wir uns. Den anderen Pferden gegenüber blieb er lange ein Tyrann, der selbst die Stuten vom Heu verjagte. Aber im Laufe der Zeit spielte sich auch das ein, und heute zeigt er nur noch ganz, ganz selten die Zähne.

Meinen Dicken auf der Flucht vor einem anderen Pferd zu sehen war für mich alles andere als leicht. Ich sagte mir zwar immer wieder, daß das ganz normal und natürlich sei, aber dennoch tat es weh, mein geliebtes altes Pferd in der Rangfolge „rutschen" zu sehen.

Zum erstenmal wurde es mir bewußt, daß die Herdenhaltung auch Nachteile hat – wenn man es überhaupt so nennen darf. Die artgemäße Haltung bringt ein artgemäßes Verhalten mit sich, ob es uns Menschen, die wir viel zu oft und viel zu willkürlich in ein Pferdeleben eingreifen, nun paßt oder nicht. Und artgemäßes Verhalten heißt eben auch, daß man sich einem Stärkeren unterordnet.

Mein Dicker steckte übrigens seine Niederlage viel besser und leichter weg als ich. Er ging Hördur weitgehend aus dem Weg und verteidigte seinen zweiten Platz nicht anders als vorher den ersten: mit einem gelegentlichen Anlegen der Ohren. Die anderen respektierten das nach wie vor, und manchmal glaube ich, daß Rebell trotz seiner verlorenen Vormachtstellung für sie der eigentliche Chef geblieben ist.

Woody, der Prügelknabe

In diesem Winter bekam ich öfter Hilfe von einer ehemaligen Reiterfreundin. Claudia hatte eine lange Phase des Nichtreitens hinter sich. Nun juckte es sie, wieder in den Sattel zu steigen. Aber diesmal sollte es ein eigener sein.

Je häufiger sie kam und je mehr sie sich mit meinen Pferden beschäftigte, desto intensiver spukte das eigene Pferd in ihrem Kopf herum. Zunächst als Wunschtraum: „Weißt du, nächstes Jahr...", dann als konkreter werdendes Ziel: „Vielleicht zum Herbst", und endlich hieß es: „Sobald wie möglich."

Damit war alles entschieden. Wir hörten uns um, und siehe da, eine Bekannte, die eine kleine Reitschule betreibt, hatte einen jungen Hannoveraner im Stall stehen, der zu verkaufen war. Er stand zum Anreiten bei ihr, stammte von einem Bauernhof und sollte „zwar lieb, aber ziemlich frech" sein.

Claudia bekam einen sehnsüchtigen Blick. Sie wollte ohnehin ein junges Pferd, das sie selber ausbilden und zu „ihrem" Pferd machen konnte. Erfahrung mit jungen Pferden hatte sie bei einem Züchter gesammelt, wo sie einige Zeit regelmäßig geritten war. Was lag also näher, als hinzufahren und sich den hoffnungsvollen Jüngling anzusehen? Natürlich blieb es nicht dabei. Claudia probierte Woody in der Bahn und im Gelände aus und wurde immer kribbeliger. Sollte sie oder sollte sie nicht?

Woody benahm sich eigentlich nicht so, wie sie es sich wünschte. Er zappelte, wenn er geputzt wurde, versuchte immer wieder, ihr die Hufe aus der Hand zu ziehen, stand beim Aufsitzen nicht still, sondern ging rückwärts, haute nach anderen Pferden und sollte außerdem auch noch total futterneidisch sein. Und eifersüchtig! Zu Hause auf dem Hof hatte er einmal eine Stute durch den Zaun gejagt. Aber Woody war ein junges Pferd, noch nicht ganz vier Jahre alt und kaum erzogen. Seine „Macken" konnten wir ihm schnell abgewöhnen, da waren wir uns einig. Und der Preis war erschwinglich.

Und sonst? Ein Pferd, das andere durch Zäune jagt, ist in einer Herde nicht so arg erwünscht. Allerdings machte mir dieser Punkt eigentlich wenig Kopfschmerzen. Ich vertraute auf das Durchsetzungsvermögen meiner Wallache. Sie würden mit dem Flegel schon fertig werden. Außerdem hatte ich ja die Möglichkeit, die Pferde, wenn nötig, zu trennen. Ich mußte nur ein bißchen umbauen, einen zusätzlichen Zaun ziehen, ein anderes Tor bauen... In meinem Kopf entwickelten sich in Windeseile neue Pläne.

Ich bin immer froh, wenn ich statt Staubtuch und Besen etwas Handfestes wie Zange, Hammer, Säge und Nägel in die Hand nehmen kann. Und wenn meine Erzeugnisse auch meist ein bißchen schief geraten – gehalten und ihren Zweck erfüllt haben sie bisher immer!

Noch ehe Claudia den Kauf perfekt gemacht hatte, war ich schon an der Arbeit. Mein bisheriger Heuschuppen, in dem ich immer die Ration für einige Tage aufbewahrte, wurde von den letzten Ballen befreit, die ich ein paar Meter weiter wieder aufstapelte. Dazwischen kam eine kleine Trennwand, oben drauf ein Stück Elektrodraht. Der Miniauslauf davor erhielt eine Tür zum Reitplatz, der im Winter schon häufiger als zweiter Auslauf gedient hatte. Damit war alles für ein neues Pferd bereit.

Eines Abends Ende April wurde Woody gebracht. Die Aufregung meiner Pferde hielt sich in Grenzen. Sie hatten sich im Laufe der Jahre daran gewöhnt, daß neue Pferde kamen und meist nach einiger Zeit wieder verschwanden. Solange ein Zaun zwischen ihnen und den Fremden war, regten sie sich nicht weiter auf. Woody zeigte entschieden mehr Temperament. Er sauste am Zaun auf und ab und zeigte, was an Imponiergehabe in ihm steckte. Doch nur Hördur rannte auf der anderen Zaunseite mit und verteidigte „pro forma" seine Stuten.

Wir gaben Woody noch Heu, frisches Gras und Wasser und überließen ihn sich selbst. Er machte schon einen ganz zufriedenen Eindruck. So hielt sich meine Spannung denn auch in Grenzen, als ich am nächsten Morgen zum Füttern hinausfuhr.

Meine Herde kam auf eine Weide, wo Woody sie sehen konnte. Er selbst bekam noch einmal geschnittenes Gras. Ich wollte ihn lieber ein paar Tage länger für sich laufen lassen, damit wir uns in Ruhe mit ihm beschäftigen konnten. Woody schien mit dieser Regelung ganz einverstanden zu sein. Eine Beschäftigung hatte er schon gefunden: Er ging spazieren!

Noch nie habe ich ein Pferd mit solcher Ausdauer und mit einem so zufriedenen Gesicht durch den Auslauf wandern sehen. Den ganzen langen Tag spazierte Woody herum. Nicht etwa aufgeregt, weil er zu den anderen Pferden wollte, sondern ganz gelassen und ruhig. Es war, als könne er sein Glück nicht fassen, daß er sich nun frei bewegen konnte, wie es ihm beliebte.

Er ging in seinen Stall, nahm ein Maul voll Gras, kam wieder heraus, schaute sich aufmerksam um, während ihm die Halme aus dem Maul hingen, ging zum Zaun, kaute weiter, kam zurück, um mich zu stupsen und freundlich anzupusten, und holte den nächsten Bissen. Später legte er sich mitten in den Auslauf, wälzte sich stöhnend vor Wohlbehagen und blieb anschließend gleich liegen, um eine Runde zu schlafen. Kein Zweifel, Woody fühlte sich wohl.

Am Abend kam Claudia. Es war Ende April und schon so lange hell, daß sich ein Besuch bei ihrem Pferd lohnte. Doch ich glaube, sie wäre auch im Stockfinstern noch rausgefahren. Welcher frischgebackene Pferdebesitzer bringt es schon fertig, am ersten Tag *nicht* nach dem Rechten zu schauen. Weil sie schon einmal da war, wollte sie ihn wenigstens putzen – und erlebte eine Riesenüberraschung. Woody ließ sich einfangen, anbinden und stand wie eine Eins. Kein Zeichen seiner sonstigen Unruhe und Zappeligkeit. Vierundzwanzig Stunden Freiheit hatten ein Wunder bewirkt.

In unseren Köpfen blitzte gleichzeitig ein Gedanke auf: Warum nicht gleich satteln und das Aufsitzen üben? War doch eine prima Gelegenheit.

Gedacht, getan – und Überraschung Nummer zwei war fällig. Woody dachte überhaupt nicht daran, wegzulaufen oder rückwärts zu gehen. Es knabberte ungerührt an meiner Jacke, während Claudia rauf- und runterturnte, bis sie keine Puste mehr hatte.

„Sag mal, haben die mir das falsche Pferd gebracht?" japste sie lachend, als sie die Übung abbrach. „Das ist ja Wahnsinn, wie ruhig Woody geworden ist. So was hätte ich nie geglaubt!"

Ich schon. Ich hatte mit meiner Offenstallhaltung mittlerweile so viele und vor allem so gute Erfahrungen gesammelt, daß ich Woodys „Umwandlung" viel selbstverständlicher hinnahm als seine Besitzerin. Es gibt für Pferde nun mal nichts Besseres als freie Bewegung und Gesellschaft – selbst wenn diese vorerst noch hinter dem Zaun stand.

Natürlich freuten wir uns beide, daß einige der erwarteten Probleme sich in Nichts aufgelöst hatten. Dafür kamen allerdings andere auf uns zu, von denen wir – zum Glück – noch nichts ahnten.

Nach ein paar Eingewöhnungstagen öffnete ich die Tür zwischen den beiden Ausläufen. Sofort bildete sich ein dichter Pulk von Pferden. Doch es sah aus, als ginge alles prächtig – bis Woody plötzlich in einer Ecke stand, aus der er nicht wegkonnte, und von Hördur und Gandalf gehörig in die Mangel genommen wurde.

Also, so ging das nicht! Ich fuhr dazwischen wie der Teufel und befreite den Unglücksraben. Das Tor machte ich wieder zu. Atempause für alle Beteiligten, mich eingeschlossen.

Beim nächsten Versuch ließ ich Woody mit auf die Weide, wo alles emsig am Grasen war. Friede, Freude, Eierkuchen – bis Gandalf satt war. Dann stürzte er sich erneut auf den doppelt so großen Hannoveraner. Woody floh wie ein aufgescheuchtes Huhn. Zum Glück zurück in den Auslauf. Gandalf blieb im offenen Tor stehen, drohte hinter dem Neuen her und kehrte auf die Weide zurück. Offenbar war er doch noch nicht ganz satt.

Woody sauste einmal durch den Auslauf und trabte wieder auf die Weide raus, wo sich das Spiel mit Gandalf umgehend wiederholte. Mit dem Unterschied, daß sich nun auch Hördur an der Jagd beteiligte. Aber auch diesmal ließen sie Woody in Frieden, sobald er sich in den

Auslauf gerettet hatte. Der Hunger war stärker als die Abneigung gegen den Neuen.

Kopfschüttelnd schaute ich mir das Treiben an. Und dieses Pferd sollte ein anderes durch den Zaun gejagt haben? *Er* war es doch, der ständig auf der Flucht war. Oder lag das etwa nur an den ungewohnt aggressiven Ponys? Sie benahmen sich, als hätten sie ein ganzes Königreich zu verteidigen. Noch nie waren sich Gandalf und Hördur so einig gewesen.

Um nicht allzuviel zu riskieren, ließ ich Woody also zunächst nur während der Weidestunden mit den anderen laufen. Die übrige Zeit kam er in seinen separaten Auslauf. Dort konnte er sich in Ruhe von den Aufregungen erholen.

Als die Attacken nachließen, wagte ich einen zweiten Versuch. Wieder öffnete ich das Tor zwischen den Ausläufen. Einzig mein Dicker wechselte zu Woody hinüber und leistete ihm Gesellschaft. Ich atmete auf und fuhr beruhigt nach Hause.

Man sollte nicht so optimistisch sein. Als ich ein paar Stunden später wiederkam, stand Woody einsam auf der Bahn, die rings um Weiden und Ausläufe führt. Wie er da hingekommen war, hatte ich schnell entdeckt. Ein schief stehender Zaunpfosten und eine zerbrochene Latte wiesen mir den Weg. Ob da die Ponys wieder nachgeholfen hatten? Ich vermutete es und fluchte erst mal kräftig, ehe ich mich an die Reparatur machte. Natürlich mußte das Tor wieder zu, was blieb mir anderes übrig. Woody mußte eben noch ein paar Tage länger im „Exil" bleiben.

Inzwischen hatte ich erfahren, daß Woody als Fohlen – also in der wichtigsten Entwicklungsphase eines Pferdes – monatelang „Einzelkind" gewesen war. Wenig später hatte er auch noch seine Mutter verloren und war lange Zeit ganz allein gewesen. Erst als er fast zwei Jahre alt war, bekam er wieder Gesellschaft. Ich schloß daraus, daß die Probleme, die Woody vor allem mit den Ponys hatte, zum großen Teil einfach „Verständigungsschwierigkeiten" waren. Woody hatte einen „Sprachfehler", er konnte sich nicht richtig verständlich machen, die anderen verstanden ihn nicht. Durch das Alleinsein hatte Woody nie gelernt, auf die normalen Verhaltensweisen anderer Pferde normal zu reagieren. Er hatte auch nicht gelernt, daß man vor einem Chef flüchten muß, wenn der eine drohende Miene macht. Er wußte einfach nicht, daß Stehenbleiben für die Ranghöheren bedeutete: Ich will euch nicht aus dem Weg gehen, sondern kämpfen. Dabei wollte er ganz offensichtlich alles andere als das.

In seiner Dummheit manövrierte sich der Hannoveraner immer wieder in Ecken und ausweglose Situationen hinein, so daß am Ende nur der Sprung über – oder durch – den Zaun blieb.

Nachdem mir das einmal klargeworden war, grübelte ich über eine praktikable Lösung nach. Schließlich konnte und wollte ich Woody nicht für immer und ewig von den anderen fernhalten. Der Lauf der Dinge entschied die Sache für mich. Wenige Tage nach dem mißglückten zweiten Versuch einer „Zusammenführung" endete ein dritter noch schlimmer. Woody ging wieder durch den Zaun – bzw. er wurde gegangen –, nahm dabei das halbe Tor mit und verletzte sich unter dem Bauch so schlimm, daß wir den Tierarzt kommen lassen mußten.

Nun hatte ich endgültig genug. Wenn die Kleinen keine Ruhe geben konnten oder wollten, dann mußten sie eben für sich bleiben! Ich teilte die Herde auf. Woody kam zu meinen eigenen Pferden in den großen Auslauf, die Ponys in den kleinen, den bisher der Neue bewohnt hatte. Von nun an klappte es.

Flakkeri, Gandalf und Hördur fühlten sich auch ohne den Rest der Herde wohl, zumal die anderen ja nie außer Sicht waren. Hördur giftete zwar anfangs noch über den Zaun, weil „seine" Stuten nun bei den anderen Wallachen waren, beruhigte sich aber sehr schnell. Er spielte wieder mehr mit seinen Kumpeln, die nach wie vor gehörigen Respekt vor ihm hatten, und war im großen und ganzen recht friedlich.

Und Woody? Woody blühte auf und wurde jeden Tag ein bißchen kiebiger. Bald ärgerte er meinen Dikken, wie Flakkeri es am Anfang getan hatte, zwickte ihn in den Po und kniff ihn in den Hals, um ihn zum Spielen zu animieren. Mit seiner Albernheit hätte er viel besser zu den Kleinen gepaßt.

Die Stuten zeigten dem Jüngling die Zähne oder das Hinterteil, wenn er zu albern wurde. Aber weder schlugen sie nach ihm, noch bissen sie etwas anderes als Löcher in die Luft. Das genügte völlig.

Den ganzen langen Sommer ließ ich es bei dieser Regelung. Erst als die Pferde im November ihr Winterquartier bezogen, ließ ich sie wieder zusammen. Und siehe da: Es ging. Entweder hatten sich nun alle mit seiner Anwesenheit abgefunden, oder er hatte endlich seinen „Sprachfehler" abgelegt. Jedenfalls war aus dem Prügelknaben ein voll akzeptiertes Herdenmitglied geworden. Ich konnte endlich wieder ruhig schlafen.

Reitkurs zu Hause

Einen guten Teil an Erfahrungen im Umgang mit Artgenossen konnte Woody im Sommer auf unserem jährlichen Reitkurs sammeln. Zu diesen Kursen kommen regelmäßig bis zu einem Dutzend fremder Pferde angereist, um mit ihren zweibeinigen Begleitern eine Woche lang zu lernen. Bis auf ganz wenige Ausnahmen sind es Pferde, die ein Herdenleben kennen. Weil keines von ihnen bei mir ein „Heimrecht" hat, das es verteidigen muß, vertragen sich alle in der Regel sehr gut. Sie bekommen eine große Weide für sich, wo sie sich gut aus dem Weg gehen können. So gibt es kaum einmal Streit.

In dieser Gruppe ließ ich Woody mitlaufen. Es gefiel ihm außerordentlich. In dieser Herde fand er Kumpel, die nicht so langweilig waren wie der alte Rebell. Eine Woche lang konnte Woody nach Herzenslust spielen und seine „Sensationsgier" befriedigen. Ein Partner fand sich immer.

Solche Sommerkurse organisiere ich seit mehreren Jahren. Als ich meinen ersten Reitkurs in Reken absolvierte, freundete ich mich mit dem damaligen Kursleiter und seiner Frau an. Inzwischen hat Bernd sich selbständig gemacht und zigeunert als „wandernder Reitlehrer" durch die Lande. Er bietet ein buntes Programm von Kursen an, die jeweils einen anderen Schwerpunkt haben. Aber alle sind darauf ausgerichtet, Pferde und Reiter für ein gefahrloses Reiten im Gelände zu trainieren. Da in den meisten Reitschulen gerade dieser Bereich zu kurz kommt, habe ich keine Mühe, meine Kurse vollzukriegen. Meist melden sich mehr Teilnehmer, als ich unterbringen kann.

Um die Sache nicht teurer als unbedingt nötig zu machen, verwandele ich meine Wohnung in eine Art Jugendherberge. Wer Schlafsack und Luftmatratze mitbringt und mit einem Stück Fußboden für die Nacht zufrieden ist, kann bei mir pennen. Wer ein bißchen mehr Komfort wünscht, nimmt sich ein Zimmer im Ort. Bei mir hat nur Bernd ein Anrecht auf eigene vier Wände, aber als Kursleiter hat er ja auch die anstrengendste Beschäftigung von uns.

Alle Arbeiten im Haus und draußen werden von allen gemeinsam erledigt. Ob abwaschen oder Mist von den Weiden sammeln – jeder hilft ganz selbstverständlich und ohne zu murren. Anders ginge es auch gar nicht. Die Kurse gehen über den ganzen Tag, morgens drei Stunden und nachmittags wieder drei. Dazwischen wird gegessen. Wenn es sehr heiß ist, lassen wir die Mahlzeit schon mal ausfallen und gehen statt dessen lieber schwimmen. Die „Alte Leine" ist sehr sauber und zudem fast vor meiner Haustür.

In Woodys erstem Sommer hatten wir uns für einen siebentägigen Kurs mit Schwerpunkt „Geschicklichkeitsreiten" entschieden. Acht Pferde und Reiter machten mit. Dazu kamen noch einige zweibeinige Begleiter, ständig wechselnde Gäste, bis zu drei Hunde – ohne Timo zu rechnen, der ja sowieso dazugehört – und ab und zu ein Zuschauer aus dem Ort.

Es herrschte also genug Leben, um keine Langeweile aufkommen zu lassen. Die Stunden mit und auf den Pferden taten ein übriges. Ich konnte nur ab und zu mitmachen, weil ich zwischendurch zur Heuernte abkommandiert wurde. Und die war nun mal wichtiger als jeder Kurs. Aber auch so bekam ich mit, was lief, weil eifrig Videoaufnahmen gemacht wurden.

Eigentlich ist es komisch: Da wetze ich mir die Hakken ab, organisiere Kurse, sorge für „Spielmaterial" und genügend Weide, stelle meine Wohnung auf den Kopf – und habe am Ende nicht einmal Zeit mitzureiten. So geht es mir nämlich fast immer. Aber auch das hat durchaus seine Vorteile. Wenn ich nämlich nicht aktiv teilnehme, bleibt mir mehr Zeit, um Pferde und Reiter zu beobachten. Das wiederum schlägt sich in neuen Geschichten und Büchern nieder.

Diesmal fing alles ohne mich an. Ich war noch auf der Euro-Cheval in Offenburg, als bereits die ersten Teilnehmer eintrudelten. Zum Glück war meine Wohnung durch meine Hunde- und Pferdesitterin Andrea besetzt. Sie quartierte die Berliner, die sowieso campen wollten, mitsamt ihrem Pferd auf der Ponyweide ein, die ganz nahe bei meiner Wohnung ist. Als ich vierundzwanzig Stunden später ebenfalls eintraf, kam ich mir fast ein bißchen überflüssig vor, so gut war alles organisiert. Immerhin durfte ich die „Umsiedlung" meiner Berliner auf die Weide am Stall leiten. Sie bezogen meinen Wohnwagen, schlugen das mitgebrachte Zelt auf, stellten ihre Stute Khadija zu Woody, der entzückt von der Dame war, und waren eben untergebracht, als bereits die nächsten Teilnehmer aufkreuzten.

Den ganzen Tag lang lag immer einer von uns zu Hause auf der Lauer, um neue Leute einzuweisen, während ein anderer auf der Weide war, um die „alten Hasen", die sich schon auskannten, in Empfang zu nehmen. Am Abend war alles geregelt. Jedes Pferd hatte ein Stück Weide abbekommen, jeder Zweibeiner ein Bett bzw. einen Schlafplatz.

Von nun an füllte und leerte sich meine Wohnung in regelmäßigen „Wellen". Zu den Mahlzeiten war jeder Stuhl am lang ausgezogenen Tisch besetzt. Töpfe und Teller reichten so eben, um das Essen für die hungrige Meute zu kochen und zu verteilen. Im Flur standen Getränkekisten, und ums Bad gab es einen ständigen Kampf.

Ich genoß den Trubel, wie ich ihn noch jedesmal genossen hatte. Wenn man wie ich aus einer neunköpfigen

Familie stammt, in der ständig etwas los ist, und nun die meiste Zeit des Jahres mit seinem Hund allein in der Wohnung haust, fühlt man sich in so einer Jugendherbergsatmosphäre so wohl wie ein Fisch im Wasser. Immer dürfte es freilich nicht so sein, aber ein paarmal im Jahr finde ich es einfach herrlich.

Auf meiner Weide verwandelte sich die „Masse Mensch" in eine ganz normale, gar nicht so große Gruppe. Es ist eben ein Unterschied, ob man in einer Wohnung von knapp achtzig Quadratmetern zusammen ist oder auf einem freien Stück Land, das weit über zwei Hektar groß ist. Ein großes Stück Wiese war für den Unterricht reserviert, auf dem übrigen Gelände tobten sich die mitgebrachten Kinder und Hunde der Teilnehmer und Zuschauer aus.

Meine Pferde genießen solche Abwechslung genau wie ich und hingen stundenlang über dem Zaun, um nur ja alles mitzukriegen, was um sie herum passierte. Die oftmals genau zwischen ihren Beinen herumwuselnden kleinen Vier- und Zweibeiner störten sie dabei keineswegs, sondern erhöhten eher das Vergnügen. Das Wetter meinte es in diesem Jahr fast zu gut mit uns. Jeden Tag wurde es ein bißchen heißer, jeden Tag erschienen die Teilnehmer leichter bekleidet. Bald war alles am Stöhnen, mit Ausnahme von Kursleiter Bernd, dem es überhaupt nie heiß genug werden kann. Er hatte für das allgemeine Gejammere nur ein Grinsen übrig.

Für so einen Geschicklichkeitskurs braucht man eine

Unmenge Sachen: alte Autoreifen, Tonnen, Planen, Stangen und vieles mehr. Ein alter Hula-Hupp-Reifen fand ebenso Verwendung wie mein geerbter Sonnenschirm. Ein Stück Wäscheleine war genauso willkommen wie die dazugehörigen Klammern, wie Lumpen, Kunststoffkanister und Plastiktüten. In kürzester Zeit hatte Bernd meine grüne Wiese in einen bunten Jahrmarkt verwandelt.

Und wozu das alles? Wenn ich gemein wäre, würde ich jetzt sagen: um die Pferde zu erschrecken. Aber das ist natürlich nur bedingt richtig. Vielmehr sollten sich die Pferde an diese bunten, unbekannten und zum Teil erschreckend wirkenden Dinge gewöhnen.

Ziel des Kurses war es, den Pferden klarzumachen, daß ganz „schlimme" Dinge in Wahrheit harmlos sind. Sie sollten lernen, unbekannte Sachen *anzuschauen*, anstatt panisch vor ihnen davonzulaufen. Für Pferde, die überwiegend im Gelände gehen, ist es ganz wichtig, daß sie gelassen reagieren, wenn etwas Neues auf sie zukommt. Für die Reiter nebenbei auch.

Ich hatte das meiste mit meinen Pferden schon früher geübt. Sie „lächeln" über Dinge wie eine sehr bewegliche „Wippe" oder knisternde Planen nur noch müde. Aber für die Kurspferde war alles neu, aufregend und manchmal eben auch fürchterlich. Ich hatte einmal mehr die besten Studienobjekte vor Augen. Ein besonders gutes Beispiel für das sich immer weiterentwickelnde Vertrauen zwischen Pferd und Reiter boten mir die Berliner. Sie blieben nach dem Kurs noch ein paar Tage, um das schöne Wetter auf dem Land auszunutzen. Natürlich ritten wir auch.

Ihre Stute Khadija lernte zunächst das Halfter als Zäumung kennen, was sie anstandslos akzeptierte. Dann probierten wir den Halsring aus. Das ist ein einfacher Drahtring, der auf dem Pferdehals liegt und mit dem man ein vertrauensvolles und gehorsames Pferd ganz toll lenken kann. Man muß nur sein Gewicht immer richtig verlagern und den Ring entsprechend an den Hals legen. Es ist ein großartiges Gefühl, wenn ein Pferd auf diese winzigen Hilfen reagiert, vom Hufschlag abwendet, sich dreht, das Tempo verlangsamt oder stehenbleibt. Man hat ja keinerlei *Gewalt* über sein Pferd. Ohne Zügel und Gebiß sitzt man oben – und kann dennoch reiten, als ob beides da wäre.

Khadijas Besitzerin Fanja ging sogar noch einen Schritt weiter. Als die Stute bei einem Halt den Kopf senkte, um ein paar Grashalme zu naschen, rutschte ihr der Ring über die Ohren zu Boden. Anstatt aber abzusitzen und ihn aufzuheben, ritt Fanja einfach ohne ihn weiter. Und Khadija ging genauso lieb und aufmerksam wie vorher!

Bernd sagt in seinen Kursen immer wieder – und ich stimme ihm da voll bei –, daß *Vertrauen* die Grundlage für jede Arbeit mit Pferden ist. Nur aus dem Vertrauen heraus erwächst die Bereitschaft zum Mitmachen. Khadija bewies uns, wie richtig diese Behauptung ist.

Nicht alle Kursteilnehmer kamen mit ihren Pferden so weit wie Fanja. Aber Fortschritte machten sie alle. Die Videoaufnahmen der letzten Tage sind durchaus das Ansehen wert.

Am letzten Tag hatte ich „erntefrei" und konnte noch einmal mitreiten. Die Aufgabe, die wir uns gestellt hatten, war gar nicht einfach. Ein Parcours mit ganz verschiedenartigen Hindernissen mußte zu zweit absolviert werden. Verbunden waren die Reiter durch ein buntes Kunststoffband, das unter keinen Umständen losgelassen werden durfte. Das Tempo war vorgeschrieben, alle Stellen, an denen die Gangart gewechselt werden mußte, waren markiert. Es gab Schritt- und Trabstrecken, Haltepunkte, und einmal mußte man eine kurze Strecke rückwärts richten. Gemeinsam, bitte schön!

An einer Stelle mußte ein Sack mit Stroh von einer Tonne zur anderen transportiert werden, an einer anderen mußte man vom Pferd aus Ringe über einen Stab werfen. Eine Holzbrücke, die federnd auf Autoreifen lag, mußte genauso überquert werden wie eine Reihe niedriger Kanister, ohne daß die Pferde darüber sprangen. Schritt war angesagt und mußte durchgehalten werden. Aus Stangen war ein langes „L" gelegt, das man ohne anzustoßen durchreiten mußte, was in der Ecke gar nicht so einfach war, weil man sich mit dem Partner absprechen mußte.

Sogar einen Slalom hatten wir eingebaut. Und den als

Paar in genau abgestimmtem Tempo im Trab zu durchreiten, ist wirklich nicht einfach. Doch unsere Pferde, sieben Tage lang glänzend geschult, machten ihre Sache großartig. Kein einziges war dabei, das anders als konzentriert, bereitwillig und aufmerksam ging. Die gespitzten Ohren und die interessierten Gesichter zeigten uns deutlich, daß der Kurs nicht nur uns Reitern Spaß gemacht hatte. Und das war eine Woche Schweiß, Hitze und Anstrengung allemal wert.

Die Sache mit dem Übermut

Übermut tut selten gut, heißt ein altes Sprichwort. Wie recht es doch hat!

Eigentlich neige ich im Umgang mit Pferden nicht zu Leichtsinn und Übermut. Ich bin im Gegenteil eher vorsichtig. Aber manchmal lasse ich doch alle Vorsicht (und Klugheit) außer acht und handle nach dem Motto: Es wird schon gutgehen. Und prompt bekomme ich dann die Quittung für meine Dummheit.

Meine Pferde haben mich oft genug belehrt, daß allzuviel Vertrauen in die Hose gehen kann. Dennoch passieren mir von Zeit zu Zeit die dümmsten Sachen. Meistens werde ich dann leichtsinnig, wenn über einen längeren Zeitraum nichts Besonderes passiert ist. Da denke ich einfach nicht daran, daß auch meinen Pferden der Sinn nach Abwechslung stehen könnte.

Im ersten Sommer, den Rebell bei mir war, machte ausgerechnet Winnie mich zum Gesprächsthema der anliegenden Landwirte. Ich hatte von Bekannten eine kleine Weide zum Abweiden bekommen, die hinter meiner eigenen lag. Dazwischen war Acker. Um die Pferde hinzubringen, mußte ich von meiner Weide runter, ein kleines Stück an der Straße entlanggehen, die in die Heide hinausführt und kaum befahren ist, und dann in einen etwa zweihundertfünfzig Meter langen Feldweg einbiegen. An seinem Ende lag die bewußte Weide.

Ich freute mich über das zusätzliche Gras für meine Pferde und beschloß, sie jeweils über Nacht hinzubringen, weil es dort weder Wasser noch Unterstand gab. Bei den ersten Malen hatte ich zwei Helfer, denen ich Rebell und Lindy in die Hand drücken konnte. Danach war ich auf mich gestellt.

Die drei Pferde am Stall zu sortieren war kein Problem. Ich band Rebell und Lindy an, fing Winnie ein und ließ sie dann an einem extralangen Strick hinter den beiden herlaufen, die ich rechts und links an der Hand hatte.

Am nächsten Morgen auf der Weide sah die Sache leider ein bißchen anders aus. Winnie ließ sich noch nie besonders leicht einfangen. Sobald nur ein Hauch von Spannung in der Luft liegt, ist sie auf und davon. Und damals war ich von meiner heutigen Ruhe beim Einfangen von Pferden noch weit entfernt.

An jenem Tag stand ich schnell unter Hochspannung. Kein Wunder, wenn man zwei Pferde an der Hand hat, die vor lauter Ungeduld, daß es nicht weitergeht, schon herumzappeln, während das dritte aufgeregt um sie herumtanzt. Es nützte auch nichts, daß ich Rebell und

Lindy am Zaun festband. Winnie entwischte mir doch immer wieder.

Na, dann eben nicht. Sollte sie doch sehen, wo sie blieb, wenn ich die anderen fortbrachte!

Ich hatte mal wieder nicht mit der Fixigkeit meiner Alten gerechnet. Noch ehe ich das Tor ganz aufgemacht und die anderen durchgeführt hatte, war sie schon an uns vorbei und auf und davon. Mit wippendem Schweif trabte sie eilig zum Stall. Immer brav auf dem Weg, dann den Grünstreifen neben der Straße entlang und durchs offene Tor. Genau den Weg, den wir immer genommen hatten.

Ich hatte keine Zeit, diesem „Wunder" nachzustaunen. Ich hatte meine liebe Not, meine Handpferde, die natürlich am liebsten auch im Trab hinterher wollten, einigermaßen zu zügeln. Außer Atem langte ich beim Stall an, wo Winnie uns mit hellem Wiehern begrüßte.

Böse war ich ihr natürlich nicht. So einem klugen Pferd, das so schön heimwärts läuft, kann man gar nicht böse sein. Ich lobte sie sogar noch für ihre Pfiffigkeit und beschloß, sie künftig immer frei mitlaufen zu lassen. Wenigstens auf dem Heimweg. Eine glänzende Idee, die sich zwei Tage lang bestens bewährte. Bereits am dritten war es mit der Freude vorbei. Da entdeckte mein kluges Pferd nämlich, daß auf der anderen Straßenseite, etwas zurück und hinter einem Graben, andere Pferde liefen. Junge Hengste, die der Züchter („mein" Bauer) am Vorabend dorthin gebracht hatte.

Eine Spur von Phantasie genügt völlig, um sich auszumalen, was passiert, wenn eine freilaufende Stute das andere Geschlecht wittert. Winnie hob die Nase, wieherte kurz und begeistert – und entschwand. Sie sauste am Graben entlang, fand einen Übergang und rannte quer über den Acker zum Zaun der verführerischen Weide, wo bereits alles in heller Aufregung war. Wenn man fürs Dummgucken Geld bekäme, wäre ich in diesem Moment Millionär geworden!

Meine Handpferde brachten mich wieder zu mir. Vor allem Lindy, die mir vor Aufregung auf die Zehen stieg. Sie verrenkte sich den Hals, um an mir vorbei ihrer davonrasenden Mutter nachschauen zu können. Zum Glück blieb es beim Schauen.

Rebell benahm sich erstaunlich vernünftig. Jedenfalls gelang es mir ohne größere Probleme, die beiden zum Stall zu bringen. Ich schloß das Tor von der Bahn zum Auslauf, klemmte mir ein Halfter unter den Arm und machte mich auf zum Pferdefang. Das Weidetor ließ ich vorsichtshalber offen. Vielleicht war Winnie so einsichtsvoll, von allein nach Hause zu gehen.

Sie hustete mir was! Der Flirt über den Zaun war viel zu schön, um ihn abzubrechen. Leichtfüßig schwebte sie am Draht entlang, schwenkte kokett den Schweif und brachte die jungen Männer auf der anderen Seite völlig durcheinander. Mich nahm sie nur zur Kenntnis, wenn ich näher als fünf Meter herankam. Dann änderte sie einfach die Richtung.

„Mein" Bauer, der zwei Weiden weiter seine Kühe molk, sah von Zeit zu Zeit herüber. Sein Grinsen konnte ich nicht sehen, aber ich wußte, daß es da war. Bereits jetzt war mir klar, daß meine vergeblichen Fangversuche seine Sammlung von „Döntjes" um eine Pointe bereichern würden. Doch zum Glück ist er nicht nur ein guter Geschichtenerzähler, sondern auch ein gutmütiger Mensch. Kaum hatte er seine Milch zu Hause abgeliefert, kam er zurück, um mir zu helfen. Er brachte sogar noch einen weiteren Helfer mit.

Auf Winnie machte diese verstärkte Mannschaft allerdings wenig Eindruck. Sie war schon zu oft in ihrem Leben getrieben worden, um sich von uns in eine Ecke drängen zu lassen. Immerhin fand sie die Geschichte auf die Dauer so lästig, daß ihr das Flirten verleidet wurde. Sie entfernte sich Richtung Heimat, und da ich das Tor offengelassen hatte, trabte sie gleich bis zu ihrer Familie, die zur Begrüßung natürlich über dem Tor hing.

So fand ich sie vor, als ich nach einem langen Endspurt quer über die Felder angehechelt kam. Und ich schwor mir: Nie wieder läßt du ein Pferd frei laufen. Dieses eine Mal ist dir eine Lehre für alle Zeiten!

Nun ist das mit Schwüren so eine Sache. Je länger ein Abenteuer zurückliegt, desto witziger wird es in der Erinnerung. Und „für alle Zeiten"? Ach, auch Zeiten ändern sich, Erinnerungen verblassen, neue Erfahrungen kommen hinzu – und eines schönen Tages passiert es wieder. Diesmal war es Lindy, die mich „enttäuschte".

Wir hatten sie und Woody von einer Außenweide holen wollen, als Rebell unerwartet Ansprüche anmeldete. Auf keinen Fall duldete er es, daß man „seine" Lindy entführte, und schon gar nicht zusammen mit Woody!

Claudia und ich schüttelten die Köpfe. Dieser verrückte Kerl. Kaum war Hördur nicht dabei, wurde er schon wieder frech. Unser Kopfschütteln änderte allerdings nichts an der Tatsache, daß es unmöglich war, beide Pferde gleichzeitig durch das Tor zu bringen, ohne daß der Dicke mitkam. Also bewachte Claudia das Tor, und ich führte Lindy auf den Weg, wo ich sie stehenließ, um das gleiche Spiel mit Woody zu wiederholen. Trotz Rebells lautem Protest und Winnies aufgeregtem Gezeter klappte unser Manöver wie geschmiert – bis auf eine klitzekleine Tatsache.

Als ich mich nämlich umdrehte, um Lindy wieder einzusammeln, war sie nicht mehr da. Sehen konnten wir sie freilich noch, wie sie – immer schön auf dem Grünstreifen – eilig dem vertrauten Stall entgegenstrebte. Es war ein hübscher Anblick.

Nun konnte auf diesem Weg, der weithin überschaubar und nur einen knappen Kilometer lang ist, nichts passieren, und daher war die Sache kein Unglück. Mich ärgerte sie trotzdem. Erstens, weil sie mir bewies, daß selbst das artigste Pferd dann und wann auf dumme Gedanken kommt, wenn sich eine Gelegenheit bietet, und zweitens, weil ich jetzt laufen mußte, anstatt gemütlich zu reiten. Ein neuer Schwur war fällig.

Aber nicht immer ist der Übermut auf meiner Seite. Rebell gelingt es durchaus auch ohne meine Mithilfe, für Aufregung zu sorgen. Als er noch jünger war, setzte er zum Beispiel mit Vorliebe seinen Reiter ab und tobte dann Viertelstunden lang herum, ehe er sich einfangen ließ. Einmal allerdings überlistete er sich bei einem seiner Streiche selbst. Und das kam so.

Gegenüber der bereits erwähnten Weide liegt ein riesengroßes Feld. Im Herbst bietet der Acker als Stoppelfeld ein herrliches Galoppiergelände, das wir weidlich ausnutzen. Daran mochte mein Dicker denken, als er sich beim Von-der-Weide-Holen losriß und aufs Feld stürmte. Wir konnten gar nicht so schnell reagieren, wie er sich drehte und lossprang.

Während wir ihm fassungslos nachstaunten, setzte Rebell mit mächtigen Sprüngen über den Acker. Das heißt, er *wollte* springen. Leider hatte er übersehen, daß das Feld frisch gepflügt, vom Regen aufgeweicht und der Boden entsprechend tief war. Bereits beim dritten Galoppsprung war der Ausreißer bis weit über die Fesseln eingesackt.

Noch nie habe ich ein so zorniges Pferd gesehen wie meinen Dicken in diesem Augenblick, als ihm dämmerte, daß seine wundervolle Idee ein Flop war. Immer wieder arbeitete er sich aus dem Dreck heraus – nur um von neuem darin zu versinken. An Galoppieren war gar nicht mehr zu denken, er stampfte nur noch wie ein Schwerarbeiter durch den Matsch.

Und wir gemeinen Zweibeiner standen am Feldrand und bogen uns vor Lachen über den Anblick, der sich uns bot. Hätte Rebell sprechen können, hätte er sicher ein sehr unanständiges Vokabular über uns ausgeschüttet. So aber blieb ihm nur die Möglichkeit, uns zu ignorieren. Er kam zurückgestapft und stellte sich neben die unbeteiligt am Wegrand grasende Winnie, die keinen Versuch gemacht hatte, ihm zu folgen. Vielleicht war sie nur zu faul, vielleicht aber auch klüger als er. Bei Pferden weiß man das nie so genau. Auf dem Heimweg trug mein Dicker ein deutliches Zeichen seiner Niederlage: lange schwarze Strümpfe, die bis über die Sprunggelenke reichten.

Experiment Winterweide

Im Frühjahr 1986 faßte ich einen Entschluß, der mich für lange Zeit in Atem halten sollte. Ich beschloß nämlich, eine richtige Winterweide einzurichten, auf der sich die Pferde auch bei Matsch, Frost und Schnee nach Herzenslust austoben konnten. Und wo sie noch spät im Jahr, wenn alle anderen Weideflächen schon längst gesperrt waren, ein paar Grashalme finden würden, um sich zu beschäftigen.

Bisher waren die Pferde in den Wintermonaten auf die beiden Ausläufe am Offenstall angewiesen gewesen, die alles andere als klein sind, mir aber nach Woodys Ankunft plötzlich klein erschienen. Ich fand, die Herde brauchte mehr Platz.

Es gab allerdings auch noch ein anderes, weniger edelmütiges Motiv für meinen Entschluß. Sieben Jahre hielt ich die Pferde nun schon im Offenstall außerhalb des Dorfes. Sieben Jahre lang hatte ich den Weg dorthin zweimal am Tag zurückgelegt. Sieben Jahre, das bedeutet im Rückblick vor allem: sieben lange Winter mit Regen, Sturm, Schneegestöber, Glatteis, Verwehungen und wieder Regen.

Ich hatte alle die Monate gut überstanden und mir nie viel Gedanken um Weg und Wetter gemacht. Irgendwie kam ich immer hin, und sei es auf den Schiern. Nun aber, mit dem ständigen Anwachsen der Herde und der zunehmenden täglichen Arbeit, begann ich plötzlich, über Weg, Mühen und Zeitaufwand nachzudenken. Ich fand, es wäre mein gutes Recht, mir die Wintermonate etwas bequemer einzurichten. Vielleicht hätte ich mit Nachdenken gar nicht angefangen, wenn es nicht in unmittelbarer Nähe meiner Wohnung die Ponyweide gegeben hätte, für die ich seit kurzem das Vorkaufsrecht besaß. Sie heißt übrigens so, weil dort jahrelang ein einsames Pony lief.

Die Nähe zur Wohnung und die Lage der Weide waren so verlockend, daß die Idee mit der Winterweide beinahe zwangsläufig in mir wach wurde. Nun hatte ich im Laufe der Jahre zum Glück gelernt, mich nicht mehr Hals über Kopf in ein Abenteuer zu stürzen, dennoch fiel es mir schwer, sachlich an die Dinge heranzugehen. Ich wünschte mir die Winterweide so sehr. Aber ich riß mich zusammen. So objektiv es mir nur möglich war, begann ich die Vor- und Nachteile, die die Weide aufwies, gegeneinander abzuwägen. Es blieb allerdings nicht aus, daß ich den Vorteilen mehr Gewicht beimaß, als vielleicht berechtigt war. So ist das eben, wenn man sich für einen Plan begeistert.

Zu den Hauptvorteilen zählte natürlich zunächst einmal die Nähe zur Wohnung. Selbst zu Fuß ist man nicht länger als höchstens fünf Minuten unterwegs. Mit dem Rad geht es entsprechend schneller. Der Weg führt dabei durchs Dorf, so daß man zu keiner Zeit dem Wind ausgesetzt ist und selbst ein Sturm weniger heftig erscheint. Dann war da die einmalig schöne Lage der Weide. Sie beginnt unmittelbar hinter den letzten Häusern, die auch den schärfsten Ostwind abbremsen. Außerdem ist die ganze Weide von Hecken und großen Bäumen umgeben, die den Pferden alle Möglichkeiten bieten, sich vor Wind und Regen zu schützen. Es gab bereits einen Pumpenanschluß und einen kleinen Schuppen, den ich schon ein Jahr zuvor auf das doppelte seiner ehemaligen Größe umgebaut hatte. Für die Herde würde er natürlich nicht genügen, aber er war schon mal besser als nichts. Wenn man gut packte, paßte ein ganzes Fuder Stroh hinein.

Und noch ein Punkt sprach gerade für diese Weide: ihre Größe. Auf mehr als zwei Morgen Fläche – das sind gut fünftausend Quadratmeter – konnten sich nach menschlichem Ermessen die Pferde nicht ins Gehege kommen. Selbst der Prügelknabe Woody würde mehr Fluchtmöglichkeiten haben als er braucht. Und das gab den Ausschlag.

Nachdem ich mich einmal entschieden hatte, konnten mich auch die Nachteile nicht mehr schrecken. Über die klärten mich sämtliche alteingesessenen Anlieger gründlicher auf, als mir eigentlich lieb war. Wer läßt sich schon gern für verrückt erklären. Die allgemeine Meinung war: Die Weide läge zu tief, der Boden sei zu weich und zu schwer, das Regenwasser könne nicht ablaufen. Fazit: Die Pferde würden in kürzester Zeit in knöcheltiefem Matsch stehen und sich Mauke und Schlimmeres holen.

Das waren schwerwiegende Argumente. Ich wanderte ebenso sorgen- wie hoffnungsvoll die Weide hinauf und wieder herunter und noch einmal zurück. Dabei entdeckte ich zum Graben hin eine große Fläche, die deutlich höher lag als der Rest der Weide. Sie war mindestens so groß wie meine bisherigen Ausläufe zusammen. Das sollte eigentlich genügen, um auch extreme Situationen zu überstehen.

Außerdem wollte ich ohnehin einen großen Unterstand bauen, der neben den Pferden auch den gesamten Heuvorrat für den Winter aufnehmen konnte. Die Zeichnungen – die leider nur ich verstand! – waren bereits fix und fertig. Wenn ich zusätzlich noch eine Heuraufe baute, sollten Platz und Futterstellen eigentlich ausreichen.

Frohgemut ging ich an die Arbeit. Der Stallbau zog sich über den ganzen Sommer hin. Dafür konnte sich das Ergebnis dann auch sehen lassen. Nicht einmal die Männer unter meinen dörflichen Freunden fanden viel daran auszusetzen. Nach diesem gelungenen Werk war der Bau einer Heuraufe natürlich eine Kleinigkeit, die nur ein paar Arbeitsstunden in Anspruch nahm. Zwei dicke Bäume in der Hecke, dem Stall gegenüber, bildeten die hinteren Eckpfosten. Vorne kamen zwei Pfähle in den Boden, ein paar Balken und Bretter verbanden alles, ein Dach wurde draufgesetzt – und fertig war die Raufe. Drei bis vier Pferde konnten daran fressen.

Im Herbst war alles für den Einzug der Pferde vorbereitet. Der neue große Unterstand hatte über die ganze Länge von zwölf Metern eine durchgehende Raufe erhalten, an der sich die Pferde nach Belieben verteilen konnten. Für Ängstliche und Freiluftfanatiker gab es die Außenraufe in der Hecke, und der alte Schuppen vorn am Eingang der Weide konnte jederzeit ein oder zwei Pferden als Unterstand oder Box dienen, falls das notwendig werden sollte.

Die Pumpe hatte einen wärmenden „Mantel" bekommen, der verhindern sollte, daß sie bei Frost einfror. Die Tränkwanne war aufgebockt und gleichfalls dick gepolstert. Draußen auf der alten Weide hatte ich mit solchen Maßnahmen immer Erfolg gehabt. Die Wasserversorgung war nie ein Problem gewesen. Nun hoffte ich, von der Winterweide das gleiche sagen zu können.

Um Woody, der nach wie vor nur mit meinen eigenen Pferden lief, vor den eventuell immer noch aggressiven Ponys zu schützen, hatte ich über die ganze Länge der Weide einen Elektrozaun gezogen, der einen überdimensionalen „Fluchtbalken" darstellte. Oben und unten hatte er einen jeweils zehn Meter breiten Durchlaß.

Es war eine ganz spontane Idee gewesen, und ich war gespannt, ob sie sich bewähren würde.

Nun wartete ich zum erstenmal seit dem Beginn meiner selbständigen Pferdehaltung ungeduldig auf das Ende der Weidesaison. Ich brannte darauf, die Pferde umzuquartieren, war es doch die einzige Möglichkeit, um herauszukriegen, ob meine Rechnung aufging. Ansonsten war ich eher gelassen. Selbst wenn die Skeptiker unter meinen Freunden recht behalten sollten mit ihren Unkenrufen, konnte nicht allzuviel schiefgehen. Meine Rückversicherung für einen eventuellen Reinfall war mein guter, altbewährter Offenstall.

Wie ich im Falle eines Falles mein Heu und Stroh dorthin transportieren sollte und vor allem, *wo* ich es dort draußen lassen sollte, – das waren Überlegungen, denen ich lieber aus dem Wege ging. Darüber konnte ich nachdenken, wenn es soweit war. *Falls* es überhaupt dazu kam.

Mitte November war der große Tag der Umquartierung da. Zu zweit brachten wir die Pferde in drei Gruppen in ihr neues Quartier. Lindy und Woody waren die letzten. Na, nun geht das Theater wieder los! dachte ich, als wir die beiden freiließen. Aber wieder einmal taten meine Pferde das Gegenteil von dem, was ich erwartete.

Es gab eine lautstarke und lebhafte Begrüßung, bei der Hördur seine Chefansprüche noch einmal geltend machte – aber von irgendwelchen Aggressionen der Ponys war nichts zu merken. Im Gegenteil! Woody und

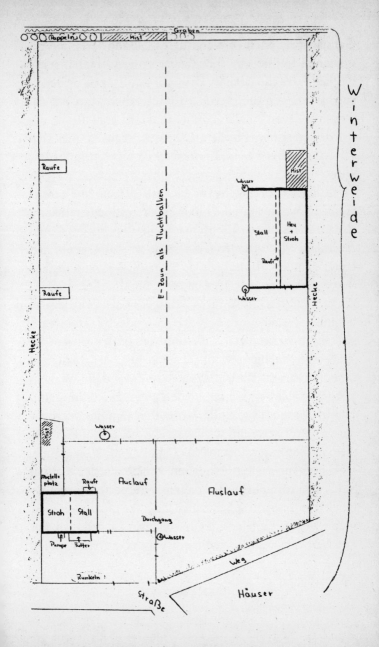

Gandalf begannen ein vergnügtes Gerangel, das ausgesprochen freundschaftliche Züge trug. Offenbar hatte die lange Nachbarschaft Zaun an Zaun dazu beigetragen, Woody in die Herde zu integrieren. Statt der erwarteten Feindschaft herrschte vom ersten Tag an Friede unter den Pferden. Der Fluchtzaun erwies sich schnell als überflüssig. Er diente – da nicht unter Strom – den Pferden als Spielzeug.

In den ersten Tagen war Hördur der einzige Streithammel. Wenn er an die Heuraufe im großen Stall kam, stoben die anderen Pferde nach allen Richtungen auseinander. Mutterseelenallein stand er dann genüßlich kauend in diesem riesigen Unterstand, während die anderen mit dummen Gesichtern von draußen hereinschauten und nicht so recht wußten, was sie nun unternehmen sollten.

Winnie war die erste, die unbehelligt neben dem Isländer fressen durfte, dann auch Flakkeri, der Rassengenosse. In ihrem „Schutz" trauten sich Gandalf und mein Dicker hinein, wobei die beiden geschickt Winnie und Flakkeri als Schutzschild benutzten. Immer häufiger kam es nun vor, daß drei, vier oder auch fünf Pferde gleichzeitig im Stall standen.

In meinem ersten Schrecken – habe ich den großen Stall etwa für *ein* Pony gebaut? – zimmerte ich schleunigst eine zweite Außenraufe. Das war gut! Und zwar nicht wegen Hördur, der nach den ersten Tagen des Futterneides immer friedlicher wurde, sondern wegen des Wetters. Zwischen Weihnachten und Neujahr begann es zu gießen, wie ich es nur selten erlebt hatte. Drei Tage lang fielen wolkenbruchartige Regenfälle, die nicht aufhören wollten. Im Radio hieß es, daß in diesen Tagen die zweifache Menge des normalen Dezemberregens gefallen war. In wenigen Stunden war eine Wassermenge heruntergekommen, die sich sonst auf einen Zeitraum von mehr als einem Monat verteilte.

Entsprechend sah es auf meiner Weide aus. Überall hatten sich riesige Seen gebildet, die nur noch von schmalen Pfaden voneinander getrennt waren. Die zuerst gebaute Außenraufe verschwand genauso im Wasser wie die Tränke, an die die Pferde nicht mehr herangingen. Sie benutzten lieber die beiden Kübel unter der Dachrinne ihres Stalles, die ständig überliefen, weil sie die Wassermassen nicht fassen konnten. Um den Stall herum war der Boden knöcheltief. Es war ein Wunder, daß ich jedesmal mit meinen Gummistiefeln an den Füßen aus dem Morast herauskam.

Woody, der bei diesem Wetter ein kreuzunglückliches Gesicht machte, wurde wenigstens für die Nächte in den kleinen Unterstand geholt. Dort war er zwar allein, aber das machte ihm nichts aus, solange er die anderen sehen und hören konnte. Er war zufrieden, daß er ungestört und im Trockenen sein Futter verzehren konnte. Was ihn allerdings nicht hinderte, morgens wie ein tagelang Eingesperrter zu den anderen zurückzurennen, sobald ich das Tor aufmachte. In diesen Tagen war Woody mein einziges wirkliches Sorgenkind, wenn mir die anderen Pferde auch leid taten. Aber die hatten alle schon mindestens einen Offenstallwinter hinter sich und waren robust genug, um ein paar schlimme Tage zu überstehen. Woody dagegen war bis zum letzten Frühjahr Stallpferd gewesen. Bei ihm war die Gefahr, daß er sich etwas wegholte, wesentlich größer.

Doch schon am Tag nach Neujahr lösten sich alle Beklemmungen, Sorgen und Ängste in nichts auf. Es begann zu schneien und dann zu frieren. Der matschige Boden verwandelte sich in einen festen, durch den dikken Schnee gut gepolsterten Untergrund. Die Pferde fühlten sich wieder wohl. Es war alles in Butter.

Allerdings nicht für lange. Es wurde nämlich so kalt, daß meine Pumpe einfror. Damit hatte ich überhaupt nicht gerechnet. Meine gute, alte Pumpe draußen am Offenstall hatte mich nie im Stich gelassen, auch bei zwanzig Grad minus nicht. Die neue gab schon bei minus zehn Grad ihren Geist auf und war nicht wieder zum Leben zu erwecken. Ich fluchte abwechselnd auf den Frost, den ich bis dahin wegen der Pferde noch gelobt hatte, auf die Pumpe, die ihr Geld nicht wert war, und auf mich selber, weil ich es versäumt hatte, sie gegen die alte, bewährte auszutauschen.

Nun hilft Fluchen natürlich nicht so recht weiter, wenn es auch erleichtert. Ich mußte mir etwas einfallen lassen. Die Kübel unter der Dachrinne waren natürlich längst leer. Seit es nicht mehr regnete, gab es ja keinen

Nachschub. So blieb nur die Möglichkeit, Wasser von zu Hause heranzuschaffen.

Entzückende Aussichten! Meine Pferde saufen am Tag etwa einhundertzwanzig Liter Wasser. In Kanister umgerechnet, waren das zwölf Stück. Mit dem Rad konnte ich zwei auf einmal mitnehmen. Das machte nach Adam Riese sechs Fahrten, bzw. Gänge, denn fahren konnte ich wegen des hohen Schnees nicht.

Nun hatte ich also meinen weiten Weg gegen die Notwendigkeit, Wasser schleppen zu müssen, eingetauscht. Es war nicht unbedingt die Arbeitserleichterung, die ich mir vorgestellt hatte. Doch da kam mir wieder einmal mein Einfallsreichtum – boshafte Freunde sagen dazu *Einfalts*reichtum – zu Hilfe. Der Graben! Er war zwar schon zugefroren, aber unter der Eisdecke führte er Hochwasser. Ich griff mir ein Beil.

Es war gar nicht so einfach, ein Loch ins Eis zu schlagen, das groß genug war, um Wasser daraus schöpfen zu können. Aber nachdem ich es einmal geschafft hatte, war es ein Kinderspiel, das Loch weiterhin offenzuhalten. Jeden Morgen und jeden Abend kniete ich auf dem Eis, schlug Eis weg und schöpfte Wasser. Ich kam mir dabei vor wie ein alter Eskimo beim Fischfang und sah wohl auch so aus. Jedenfalls erfreute mein Anblick wieder einmal Freund und Feind.

Nachdem das Wasserproblem auf diese Weise halbwegs zufriedenstellend gelöst war, spielte das Wetter eigentlich keine Rolle mehr. Von mir aus konnte es schneien und frieren, soviel es wollte. Bei meinem kurzen Anmarschweg fiel das nicht ins Gewicht. Ich kam mir vor, als hätte ich Ferien.

Den Pferden machten weder Schnee noch Frost etwas aus. Vom Wind spürten sie auf ihrer gut geschützten Weide ohnehin so gut wie nichts. Sie tobten oder standen herum, beknabberten die Äste und Tannen, die sie reichlich erhielten, und fühlten sich offensichtlich sauwohl. Das fiel auch den Spaziergängern auf, die – meist in Begleitung ihrer Hunde – zu allen Tageszeiten an der Weide vorbeikamen. Die meisten von ihnen wußten, daß ich die Pferde schon jahrelang im Offenstall hielt, aber nur wenige hatten sich bis jetzt eine genaue Vorstellung davon machen können. Nun sahen sie aus nächster Nähe, was es damit auf sich hatte. Unsere Pferde selbst lieferten ihnen die Antworten auf viele Fragen.

Über Tag standen sie kaum jemals im Stall. Sie beobachteten viel lieber die Vier- und Zweibeiner, die auf der Straße entlanggingen. Selbst beim Fressen zogen sie die Außenraufen denen im Stall deutlich vor. Das fiel natürlich auf. Auch bei Schneefall dachten sie gar nicht daran, den Stall aufzusuchen. Beschneit und mit kleinen Eisplocken im dichten Fell standen oder lagen sie so zufrieden herum, daß auch dem dümmsten Beobachter klarwurde, daß dies hier alles andere als Tierquälerei war. Das Staunen nahm kein Ende.

Immer wieder wurde ich auf das „Phänomen" angesprochen, daß unsere Pferde an dem schönen neuen Stall so wenig Interesse zeigten. Das war für mich jedesmal eine willkommene Gelegenheit, meine Gesprächspartner über Sinn und Unsinn der Pferdehaltung im allgemeinen und im besonderen aufzuklären. Und nach dem, was sie täglich vor Augen hatten, konnten sie im Gegensatz zu früher mit meinen Erklärungen tatsächlich etwas anfangen. Der Winter wurde zur reinen Werbekampagne für die Offenstallhaltung...

So blieb es bis Anfang Februar. Dann fing es leider an zu tauen. Der schöne weiße Schnee schmolz dahin, es wurde naß und immer nässer. Die zugefrorenen Pfützen, oder besser Seen, auf der Weide blieben die einzigen festen Flächen. Überall dort, wo der Boden weich wurde, das Wasser aber noch nicht in tiefere Schichten absickern konnte, war bald der Zustand vom Jahresende wiederhergestellt. Matsch, Matsch, Matsch...

In der Hoffnung auf neuen Frost machte ich zwei oder drei Tage lang die Augen fest zu. Länger konnte ich den Zustand von Weide und Pferden beim besten Willen nicht mitansehen. Am zehnten Februar, nach drei langen, bequemen Monaten, beendete ich für diesmal das „Experiment" und verfrachtete meine Herde wieder zurück in ihr altes Quartier. Dort hatte der Sandboden den Schnee bereits „weggesteckt". Einladend trocken und weich, verführte er sämtliche Pferde dazu, sich umgehend und ausgiebig zu wälzen. Nach fünf Minuten sahen sie schlimmer aus als je auf der Ponyweide. Zum Glück sah es hier draußen niemand.

Eigentlich war ich ganz froh über den etwas verfrühten Umzug. Hier, wo mein Wohnwagen stand und Bahn und Reitplatz nur darauf warteten, wieder benutzt zu werden, war ich doch mehr zu Hause als auf der Winterweide, so sehr ich deren Nähe auch genossen hatte.

Jetzt lag der Frühling in der Luft, Wildgänse zogen über uns hinweg, und die Maulwürfe erwachten sehr sichtbar zu neuem Leben. Der Winter war schon halb vergessen, ehe er noch ganz vorbei war. Meine Weide am alten Offenstall hieß jetzt „die Sommerweide", und nach Sommer war mir zumute. Ich sattelte Flakkeri, der genau wie alle anderen in den vergangenen Monaten ein faules Leben geführt hatte, und ritt in „meinen" Frühling. Wobei ich die Tatsache, daß die Temperaturen mittlerweile wieder auf den Nullpunkt abgesunken waren, großzügig übersah.

Frühling ist für mich etwas, das nur bedingt mit dem Kalender zu tun hat. Frühling ist, wenn es mich in allen Fingern juckt, einen Hammer in die Hand zu nehmen, etwas Neues anzufangen, vor allem aber, wieder zu reiten. Dieses kribbelnde Gefühl kommt unweigerlich mit den ersten warmen Tagen und wächst und wächst, bis ich endlich draußen an die Arbeit gehen kann.

Diesmal reichte es gerade, um zwei morsche Zaunpfosten auszuwechseln. Dann, Anfang März, war der Winter wieder da – ohne Winterweide! Das Lied vom „richtigen Winter" bekam eine neue Strophe.

Man lernt nie aus...

...jedenfalls nicht, wenn es um Pferde geht.

Seit ich das erste Mal auf einem Pferd gesessen habe, bin ich aus dem Lernen nicht mehr herausgekommen. Es gab zwar Zeiten, da meinte ich, alles zu wissen und alles zu können, aber die gingen zum Glück schnell vorbei.

Ganz am Anfang lernte ich, auf einem Pferd zu sitzen und es zu lenken. Dann erst lernte ich, mit Pferden *umzugehen*. Und viele Jahre später lernte ich endlich, Pferde zu *verstehen*.

Diese Reihenfolge ist nicht untypisch für unser Land. Auch heute ist es in vielen Reitschulen leider noch so, daß das Reiten an erster und das Verstehen an letzter Stelle kommt. Wäre es anders, gäbe es sicher nicht so viele schlimme Vorkommnisse im Reitsport.

Als ich anfing, Pferde zu beobachten und ihr Verhalten zu interpretieren – wobei ich sie zuerst noch gründlich vermenschlichte –, war ich auf unsere Stallpferde angewiesen, allen voran natürlich meine damals noch

„verrückte" Winnie. Es war deshalb verständlich, daß ich alle Verhaltensweisen und Angewohnheiten der Pferde nur im Hinblick auf die Mensch-Pferd-Beziehung sah. Mit anderen Worten, die „Handlichkeit" und die Bequemlichkeit im Umgang waren der Maßstab, nach dem ich – aber nicht nur ich – wertete. Dabei mußte es zwangsläufig zu Mißverständnissen und Fehlinterpretationen kommen.

Ein mißgelauntes Anlegen der Ohren oder ein unwilliges Hochnehmen des Hinterbeins waren für mich damals noch keineswegs normale Ausdrucksformen der Pferde, die sie auch untereinander anwendeten, sondern höchst bedenkliche Untugenden, die man bekämpfen mußte. Was wußte ich denn damals von der schlechten Laune, die Pferde genauso packen kann wie einen Menschen. Ich wußte nur, daß Pferde zu „funktionieren" hatten, eine „eigene Meinung" zu den Dingen, die man von ihnen verlangte, stand ihnen einfach nicht zu.

Eine bloße Andeutung von Schlagen oder Schnappen wurde denn auch nicht als *Abwehr* – im Sinne von: Laß mich bloß in Frieden! – erkannt, sondern grundsätzlich als *Angriff* auf Leib und Leben gewertet, was es in den seltensten Fällen war.

Das *richtige* Verstehen kam für mich erst, als ich die Pferde in der relativen Freiheit von Offenstall, Auslauf und Weide im Umgang miteinander beobachten konnte. Da bekamen viele „Untugenden" plötzlich eine ganz andere, harmlose Bedeutung.

Nehmen wir nur Woody. Als Claudia ihn kaufte, stand er in einer Box im Reitstall, links und rechts neben sich Pferde, was ihm als Einzelkind ungewohnt war. Zudem war er unterbeschäftigt. Woody zertrümmerte eine Boxenwand zu Kleinholz und ging mit angelegten Ohren auf jeden los, der ihm Futter brachte, bis sich nur noch wenige zu ihm hereintrauten. Zum Glück ist die Besitzerin jenes Stalles eine echte Pferdefrau mit unendlich viel Verständnis. Sie wertete Woodys Benehmen so, wie man es verstehen mußte: als flegelhaftes Gehabe eines Halbstarken.

Als Woody zu uns kam, behielt er einige seiner Angewohnheiten aus jener Zeit bei, ohne je über das Drohen hinauszugelangen. Wenn er heute, wo er sich in der Herde hochgekämpft hat, sein Kraftfutter bekommt, legt er immer noch die Ohren an – aber nur, um den anderen Pferden zu sagen, daß dies *sein* Eimer ist. Sie halten sich dann in respektvoller Entfernung und warten auf ihre eigenen Portionen. Woody zuckt auch noch mit dem Hinterbein, wenn man dicht hinter ihm vorbeigeht, während er frißt. Aber man braucht ihn nur anzusprechen, dann nimmt er es wieder herunter. Er weiß, daß wir ihm sein Fressen nicht streitig machen.

Wußte er das im Stall etwa nicht?

Um diese Frage zu beantworten, muß man folgendes wissen: Ein Pferd, dem von einem anderen Pferd mit drohenden Gebärden gesagt wird: „Geh weg", entfernt sich umgehend, sofern es nicht kämpfen will. Wenn

Woody über seinem Futter droht, wissen die anderen, daß er keinen Spaß versteht, und halten sich von im fern. Dann kennt er nämlich keine Freunde mehr.

Wenn Woody im Stall drohte, *blieben die anderen Pferde aber einfach da*. Sie waren ja, wie er selbst, eingesperrt. Das konnte Woody natürlich nicht richtig einschätzen. Für ihn waren die Pferde auf der anderen Seite der Wand Rivalen, die ihm sein Futter streitig machen wollten. Also versuchte er, sie in die Flucht zu schlagen. Zum Schaden der Box und zum Schrecken der Menschen, die seine Grimassen auf die eigene wertvolle Person bezogen.

Wäre die Stallbesitzerin weniger verständnisvoll gewesen, hätte Woody vermutlich Prügel bezogen. Der wirkliche Schaden wäre dagewesen. Und hätte ich zum Zeitpunkt seiner Ankunft weniger Erfahrung gehabt, hätte ich Woody wohl für einen gefährlichen Schläger gehalten und entsprechend unsicher reagiert. Dabei war er nur ein sehr alberner, sehr frecher und sehr großer Junge. Ein netter, harmloser Pferdeflegel mit schlechten Manieren, für die er nichts konnte.

Oder nehmen wir Winnie, die sich im Laufe ihres Lebens vom verschreckten Hühnchen zu einer recht selbstbewußten Pferdedame gemausert hat, die den anderen Pferden sehr deutlich sagt, wo es langgeht. Selbst Lindy hat inzwischen gehörig Respekt vor ihr. *Geglaubt* hätte ich so eine Geschichte niemandem. Ich mußte sie erleben, um sie zu begreifen. Und deshalb wundert es mich heute auch nicht mehr, daß die Anführer von freilebenden Herden alte, erfahrene Leit*stuten* sind. Wenn sogar Winnie es geschafft hat, sich durchzusetzen... Offenbar haben alte Stuten das gewisse Etwas, das den jüngeren noch fehlt.

Oder nehmen wir Rebell. Nie hätte ich geglaubt, daß mein souveräner Herdenchef einmal auf den vierten Platz abrutschen könnte. Aber es ist geschehen. Nicht von heute auf morgen natürlich, so schnell geht das nicht. Vielleicht hatte ihn die Ablösung durch Hördur doch mehr angekratzt, als ich gedacht hatte, vielleicht wurde er einfach alt und zu müde zum Kämpfen – jedenfalls zeigten ihm erst Lindy, dann auch Woody, daß sie keinerlei Respekt mehr vor ihm hatten und somit das Recht besaßen, ihn vom Futter zu verdrängen.

Manchmal wünsche ich in solchen Momenten, ich hätte meinen Dicken wie früher allein mit seinen Stuten. Doch diese Anwandlungen gehen schnell vorbei. Zu interessant ist das bunte Herdenleben, zu viel habe ich durch die neuen Pferde beobachtet und gelernt. Mehr jedenfalls, als es mir mit meinen eigenen Pferden allein möglich gewesen wäre. So ehrlich muß man wohl sein, das zuzugeben. Trotz allen Kummers über ein „abrutschendes" Pferd.

Solange ich dafür sorge, daß es meinem Dicken an nichts fehlt, wird er wohl mit seinem Schicksal fertig. Vielleicht muß ich wieder einmal umbauen, aber was schadet das. Der Frühling steht vor der Tür...

Es ist schon so, daß eine Herde mit zunehmender Größe immer interessanter wird. Jedes Tier ist ja eine Persönlichkeit, ein Charakter, der sich von den anderen unterscheidet. Und je mehr verschiedene Pferde man kennenlernt, desto mehr lernt man *über* sie. Ich jedenfalls werde nie müde, meine Herde zu beobachten. Seit ich einen Wohnwagen auf der Weide stehen habe, spielt sich mein halbes Leben dort ab. Mit Pferdebesitzern und Gästen hocke ich stundenlang im Wagen, den Blick nach draußen gerichtet. Was wir allein in diesen Stunden beobachten, würde schon wieder ein ganzes Buch füllen.

Das Reiten kommt über dem Schauen und Erzählen manches Mal zu kurz. Mich stört es nicht. Seit einigen Jahren mache ich an mir die Beobachtung, daß mir das Reiten immer weniger wichtig wird. Die Pferde, ja, die sind mir wichtig – im Sattel können ruhig andere sitzen.

Natürlich werde ich das Reiten nicht aufgeben. Ich wäre schön dumm, wenn ich es täte. Aber ich weiß, daß es mir nicht allzuviel ausmachen würde, wenn ich – aus welchen Gründen auch immer – darauf verzichten müßte.

Ich kann mir durchaus vorstellen, ohne das Reiten zu leben – aber ohne Pferde zu sein, das kann ich mir nicht vorstellen.

Für Pferdefreunde

Die hier gezeigten Pferdebücher sind erschienen im
Erika Klopp Verlag · Hohenzollernstraße 86 · D-8000 München 40